HÉSIODE ÉDITIONS

BALZAC

La Vendetta

Hésiode éditions

© Hésiode éditions.

1 rue Honoré - 93500 Pantin.
ISBN 978-2-38512-044-3
Dépôt légal : Octobre 2022

Impression Books on Demand GmbH

In de Tarpen 42
22848 Norderstedt, Allemagne

La Vendetta

En 1800, vers la fin du mois d'octobre, un étranger, suivi d'une femme et d'une petite fille, arriva devant les Tuileries à Paris, et se tint assez long-temps auprès des décombres d'une maison récemment démolie, à l'endroit où s'élève aujourd'hui l'aile commencée qui devait unir le château de Catherine de Médicis au Louvre des Valois. Il resta là, debout, les bras croisés, la tête inclinée et la relevait parfois pour regarder alternativement le palais consulaire, et sa femme assise auprès de lui sur une pierre. Quoique l'inconnue parût ne s'occuper que de la petite fille âgée de neuf à dix ans dont les longs cheveux noirs étaient comme un amusement entre ses mains, elle ne perdait aucun des regards que lui adressait son compagnon. Un même sentiment, autre que l'amour, unissait ces deux êtres, et animait d'une même inquiétude leurs mouvements et leurs pensées. La misère est peut-être le plus puissant de tous les liens. Cette petite fille semblait être le dernier fruit de leur union. L'étranger avait une de ces têtes abondantes en cheveux, larges et graves, qui se sont souvent offertes au pinceau des Carraches. Ces cheveux si noirs étaient mélangés d'une grande quantité de cheveux blancs. Quoique nobles et fiers, ses traits avaient un ton de dureté qui les gâtait. Malgré sa force et sa taille droite, il paraissait avoir plus de soixante ans. Ses vêtements délabrés annonçaient qu'il venait d'un pays étranger. Quoique la figure jadis belle et alors flétrie de la femme trahît une tristesse profonde, quand son mari la regardait elle s'efforçait de sourire en affectant une contenance calme. La petite fille restait debout, malgré la fatigue dont les marques frappaient son jeune visage hâlé par le soleil. Elle avait une tournure italienne, de grands yeux noirs sous des sourcils bien arqués ; une noblesse native, une grâce vraie. Plus d'un passant se sentait ému au seul aspect de ce groupe dont les personnages ne faisaient aucun effort pour cacher un désespoir aussi profond que l'expression en était simple ; mais la source de cette fugitive obligeance qui distingue les Parisiens se tarissait promptement. Aussitôt que l'inconnu se croyait l'objet de l'attention de quelque oisif, il le regardait d'un air si farouche, que le flâneur le plus intrépide hâtait le pas comme s'il eût marché sur un serpent. Après être demeuré long-temps indécis, tout à coup le grand étranger passa la main sur son front, il en chassa, pour ainsi dire, les pensées qui l'avaient sillonné de rides, et prit sans doute un parti désespéré. Après avoir jeté un regard perçant sur sa femme et sur sa fille, il tira de sa veste un long poignard, le tendit à sa compagne, et lui dit en italien : – Je vais voir si les Bonaparte se souviennent de nous. Et il marcha d'un pas lent et assuré vers l'entrée du palais, où il fut naturellement arrêté par un soldat de la garde consulaire avec lequel il ne put long-temps discuter. En s'apercevant de l'obstination de l'inconnu, la sentinelle lui présenta sa baïonnette en manière d'ultimatum. Le hasard voulut que l'on vînt en ce moment relever le soldat de sa faction, et le caporal indiqua fort obligeamment à l'étranger l'endroit où se tenait le commandant du poste.

– Faites savoir à Bonaparte que Bartholoméo di Piombo voudrait lui parler, dit l'Italien au capitaine de service.

Cet officier eut beau représenter à Bartholoméo qu'on ne voyait pas le premier consul sans lui avoir préalablement demandé par écrit une audience, l'étranger voulut absolument que le militaire allât prévenir Bonaparte. L'officier objecta les lois de la consigne, et refusa formellement d'obtempérer à l'ordre de ce singulier solliciteur. Bartholoméo fronça le sourcil, jeta sur le commandant un regard terrible, et sembla le rendre responsable des malheurs que ce refus pouvait occasionner ; puis, il garda le silence, se croisa fortement les bras sur la poitrine, et alla se placer sous le portique qui sert de communication entre la cour et le jardin des Tuileries. Les gens qui veulent fortement une chose sont presque toujours bien servis par le hasard. Au moment où Bartholoméo di Piombo s'asseyait sur une des bornes qui sont auprès de l'entrée des Tuileries, il arriva une voiture d'où descendit Lucien Bonaparte, alors ministre de l'intérieur.

– Ah ! Loucian, il est bien heureux pour moi de te rencontrer, s'écria l'étranger.

Ces mots, prononcés en patois corse, arrêtèrent Lucien au moment où il s'élançait sous la voûte, il regarda son compatriote et le reconnut. Au premier mot que Bartholoméo lui dit à l'oreille, il emmena le Corse avec lui chez Bonaparte. Murat, Lannes, Rapp se trouvaient dans le cabinet du premier consul. En voyant entrer Lucien, suivi d'un homme aussi singulier que l'était Piombo, la conversation cessa. Lucien prit Napoléon par la main et le conduisit dans l'embrasure de la croisée. Après avoir échangé quelques paroles avec son frère, le premier consul fit un geste de main auquel obéirent Murat et Lannes en s'en allant. Rapp feignit de n'avoir rien vu, afin de pouvoir rester. Bonaparte l'ayant interpellé vivement, l'aide-de-camp sortit en rechignant. Le premier consul, qui entendit le bruit des pas de Rapp dans le salon voisin, sortit brusquement et le vit près du mur qui séparait le cabinet du salon.

– Tu ne veux donc pas me comprendre ? dit le premier consul. J'ai besoin d'être seul avec mon compatriote.

– Un Corse, répondit l'aide-de-camp. Je me défie trop de ces gens-là pour ne pas…

Le premier consul ne put s'empêcher de sourire, et poussa légèrement son fidèle officier par les épaules.

– Eh bien, que viens-tu faire ici, mon pauvre Bartholoméo ? dit le premier consul à Piombo.

– Te demander asile et protection, si tu es un vrai Corse, répondit Bartholoméo d'un ton brusque.

– Quel malheur a pu te chasser du pays ? Tu en étais le plus riche, le plus…

– J'ai tué tous les Porta, répliqua le Corse d'un son de voix profond en fronçant les sourcils.

Le premier consul fit deux pas en arrière comme un homme surpris.

Vas-tu me trahir ? s'écria Bartholoméo en jetant un regard sombre à Bonaparte. Sais-tu que nous sommes encore quatre Piombo en Corse ?

Lucien prit le bras de son compatriote, et le secoua.

– Viens-tu donc ici pour menacer le sauveur de la France ? lui dit-il vivement.

Bonaparte fit un signe à Lucien, qui se tut. Puis il regarda Piombo, et lui dit : – Pourquoi donc as-tu tué les Porta ?

– Nous avions fait amitié, répondit-il, les Barbanti nous avaient réconciliés. Le lendemain du jour où nous trinquâmes pour noyer nos querelles, je les quittai parce que j'avais affaire à Bastia. Ils restèrent chez moi, et mirent le feu à ma vigne de Longone. Ils ont tué mon fils Grégorio. Ma fille Ginevra et ma femme leur ont échappé ; elles avaient communié le matin, la Vierge les a protégées. Quand je revins, je ne trouvai plus ma maison, je la cherchais les pieds dans ses cendres. Tout à coup je heurtai le corps de Grégorio, que je reconnus à la lueur de la lune. – Oh ! les Porta ont fait le coup ! me dis-je. J'allai sur-le-champ dans les mâquis, j'y rassemblai quelques hommes auxquels j'avais rendu service, entends-tu, Bonaparte ? et nous marchâmes sur la vigne des Porta. Nous sommes arrivés à cinq heures du matin, à sept ils étaient tous devant Dieu. Giacomo prétend qu'Élisa Vanni a sauvé un enfant, le petit Luigi ; mais je l'avais attaché moi-même dans son lit avant de mettre le feu à la maison. J'ai quitté l'île avec ma femme et ma fille, sans avoir pu vérifier s'il était vrai que Luigi Porta vécût encore.

Bonaparte regardait Bartholoméo avec curiosité, mais sans étonnement.

– Combien étaient-ils ? demanda Lucien.

— Sept, répondit Piombo. Ils ont été vos persécuteurs dans les temps, leur dit-il. Ces mots ne réveillèrent aucune expression de haine chez les deux frères. — Ah ! vous n'êtes plus Corses, s'écria Bartholoméo avec une sorte de désespoir. Adieu. Autrefois je vous ai protégés, ajouta-t-il d'un ton de reproche. Sans moi, ta mère ne serait pas arrivée à Marseille, dit-il en s'adressant à Bonaparte qui restait pensif le coude appuyé sur le manteau de la cheminée.

— En conscience, Piombo, répondit Napoléon, je ne puis pas te prendre sous mon aile. Je suis devenu le chef d'une grande nation, je commande la république, et dois faire exécuter les lois.

— Ah ! ah ! dit Bartholoméo.

— Mais je puis fermer les yeux, reprit Bonaparte. Le préjugé de la Vendetta empêchera long-temps le règne des lois en Corse, ajouta-t-il en se parlant à lui-même. Il faut cependant le détruire à tout prix.

Bonaparte resta un moment silencieux, et Lucien fit signe à Piombo de ne rien dire. Le Corse agitait déjà la tête de droite et de gauche d'un air improbateur.

— Demeure ici, reprit le consul en s'adressant à Bartholoméo, nous n'en saurons rien. Je ferai acheter tes propriétés afin de te donner d'abord les moyens de vivre. Puis, dans quelque temps, plus tard, nous penserons à toi. Mais plus de Vendetta ! Il n'y a pas de mâquis ici. Si tu y joues du poignard, il n'y aurait pas de grâce à espérer. Ici la loi protège tous les citoyens, et l'on ne se fait pas justice soi-même.

— Il s'est fait le chef d'un singulier pays, répondit Bartholoméo en prenant la main de Lucien et la serrant. Mais vous me reconnaissez dans le malheur, ce sera maintenant entre nous à la vie à la mort, et vous pouvez disposer de tous les Piombo.

À ces mots, le front du Corse se dérida, et il regarda autour de lui avec satisfaction.

— Vous n'êtes pas mal ici, dit-il souriant, comme s'il voulait y loger. Et tu es habillé tout en rouge comme un cardinal.

— Il ne tiendra qu'à toi de parvenir et d'avoir un palais à Paris, dit Bonaparte qui toisait son compatriote. Il m'arrivera plus d'une fois de regarder autour de moi pour chercher un ami dévoué auquel je puisse me confier.

Un soupir de joie sortit de la vaste poitrine de Piombo qui tendit la main au premier consul en lui disant : — Il y a encore du Corse en toi !

Bonaparte sourit. Il regarda silencieusement cet homme, qui lui apportait en quelque sorte l'air de sa patrie, de cette île où naguère il avait été sauvé si miraculeusement de la haine du parti anglais, et qu'il ne devait plus revoir. Il fit un signe à son frère, qui emmena Bartholoméo di Piombo. Lucien s'enquit avec intérêt de la situation financière de l'ancien protecteur de leur famille. Piombo amena le ministre de l'intérieur auprès d'une fenêtre, et lui montra sa femme et Ginevra, assises toutes deux sur un tas de pierres.

— Nous sommes venus de Fontainebleau ici à pied, et nous n'avons pas une obole, lui dit-il.

Lucien donna sa bourse à son compatriote et lui recommanda de venir le trouver le lendemain afin d'aviser aux moyens d'assurer le sort de sa famille. La valeur de tous les biens que Piombo possédait en Corse ne pouvait guère le faire vivre honorablement à Paris.

Quinze ans s'écoulèrent entre l'arrivée de la famille Piombo à Paris, et l'aventure suivante, qui, sans le récit de ces événements, eût été moins intelligible.

Servin, l'un de nos artistes les plus distingués, conçut le premier l'idée d'ouvrir un atelier pour les jeunes personnes qui veulent prendre des leçons de peinture. Âgé d'une quarantaine d'années, de mœurs pures et entièrement livré à son art, il avait épousé par inclination la fille d'un général sans fortune. Les mères conduisirent d'abord elles-mêmes leurs filles chez le professeur ; puis elles finirent par les y envoyer quand elles eurent bien connu ses principes et apprécié le soin qu'il mettait à mériter la confiance. Il était entré dans le plan du peintre de n'accepter pour écolières que des demoiselles appartenant à des familles riches ou considérées afin de n'avoir pas de reproches à subir sur la composition de son atelier ; il se refusait même à prendre les jeunes filles qui voulaient devenir artistes et auxquelles il aurait fallu donner certains enseignements sans lesquels il n'est pas de talent possible en peinture. Insensiblement sa prudence, la supériorité avec lesquelles il initiait ses élèves aux secrets de l'art, la certitude où les mères étaient de savoir leurs filles en compagnie de jeunes personnes bien élevées et la sécurité qu'inspiraient le caractère, les mœurs, le mariage de l'artiste, lui valurent dans les salons une excellente renommée. Quand une jeune fille manifestait le désir d'apprendre à peindre ou à dessiner, et que sa mère demandait conseil : – Envoyez-la chez Servin ! était la réponse de chacun. Servin devint donc pour la peinture féminine une spécialité, comme Herbault pour les chapeaux, Leroy pour les modes et Chevet pour les comestibles. Il était reconnu qu'une jeune femme qui avait pris des leçons chez Servin pouvait juger en dernier ressort les tableaux du Musée, faire supérieurement un portrait, copier une toile et peindre son tableau de genre. Cet artiste suffisait ainsi à tous les besoins de l'aristocratie. Malgré les rapports qu'il avait avec les meilleures maisons de Paris, il était indépendant, patriote, et conservait avec tout le monde ce ton léger, spirituel, parfois ironique, cette liberté de jugement qui distinguent les peintres. Il avait poussé le scrupule de ses précautions jusque dans l'ordonnance du local où étudiaient ses écolières. L'entrée du grenier qui régnait au-dessus de ses appartements avait été murée. Pour parvenir à cette retraite, aussi sacrée qu'un harem, il fallait monter par un escalier pratiqué dans l'intérieur de son logement.

L'atelier, qui occupait tout le comble de la maison, offrait ces proportions énormes qui surprennent toujours les curieux quand, arrivés à soixante pieds du sol, ils s'attendent à voir les artistes logés dans une gouttière. Cette espèce de galerie était profusément éclairée par d'immenses châssis vitrés et garnis de ces grandes toiles vertes à l'aide desquelles les peintres disposent de la lumière. Une foule de caricatures, de têtes faites au trait, avec de la couleur ou la pointe d'un couteau, sur les murailles peintes en gris foncé, prouvaient, sauf la différence de l'expression, que les filles les plus distinguées ont dans l'esprit autant de folie que les hommes peuvent en avoir. Un petit poêle et ses grands tuyaux, qui décrivaient un effroyable zigzag avant d'atteindre les hautes régions du toit, étaient l'infaillible ornement de cet atelier. Une planche régnait autour des murs et soutenait des modèles en plâtre qui gisaient confusément placés, la plupart couverts d'une blonde poussière. Au-dessous de ce rayon, çà et là, une tête de Niobé pendue à un clou montrait sa pose de douleur, une Vénus souriait, une main se présentait brusquement aux yeux comme celle d'un pauvre demandant l'aumône, puis quelques écorchés jaunis par la fumée avaient l'air de membres arrachés la veille à des cercueils ; enfin des tableaux, des dessins, des mannequins, des cadres sans toiles et des toiles sans cadres achevaient de donner à cette pièce irrégulière la physionomie d'un atelier que distingue un singulier mélange d'ornement et de nudité, de misère et de richesse, de soin et d'incurie. Cet immense vaisseau, où tout paraît petit même l'homme, sent la coulisse d'opéra ; il s'y trouve de vieux linges, des armures dorées, des lambeaux d'étoffe, des machines ; mais il y a je ne sais quoi de grand comme la pensée : le génie et la mort sont là ; la Diane ou l'Apollon auprès d'un crâne ou d'un squelette, le beau et le désordre, la poésie et la réalité, de riches couleurs dans l'ombre, et souvent tout un drame immobile et silencieux. Quel symbole d'une tête d'artiste !

Au moment où commence cette histoire, le brillant soleil du mois de juillet illuminait l'atelier, et deux rayons le traversaient dans sa profondeur en y traçant de larges bandes d'or diaphanes où brillaient des grains de poussière. Une douzaine de chevalets élevaient leurs flèches aiguës, semblables à des mâts de vaisseau dans un port. Plusieurs jeunes filles animaient cette scène par la variété de leurs physionomies, de leurs attitudes, et par la différence de leurs toilettes. Les fortes ombres que jetaient les serges vertes, placées suivant les besoins de chaque chevalet, produisaient une multitude de contrastes, de piquants effets de clair-obscur. Ce groupe formait le plus beau de tous les tableaux de l'atelier. Une jeune fille blonde et mise simplement se tenait loin de ses compagnes, travaillait avec courage en paraissant prévoir le malheur ; nulle ne la regardait, ne lui adressait la parole : elle était la plus jolie, la plus modeste et la moins riche. Deux groupes principaux, séparés l'un de l'autre par une faible distance, indiquaient deux sociétés, deux esprits jusque dans cet atelier où les rangs et la fortune auraient dû s'oublier. Assises ou debout, ces jeunes filles, entourées de leurs boîtes à couleurs, jouant avec leurs pinceaux ou les préparant, maniant leurs éclatantes palettes, peignant, parlant, riant, chantant, abandonnées à leur naturel, laissant voir leur caractère, composaient un spectacle inconnu aux hommes : celle-ci, fière, hautaine, capricieuse, aux cheveux noirs, aux belles mains, lançait au hasard la flamme de ses regards ; celle-là, insouciante et gaie, le sourire sur les lèvres, les cheveux châtains, les mains blanches et délicates, vierge française, légère, sans arrière-pensée, vivant de sa vie actuelle ; une autre, rêveuse, mélancolique, pâle, penchant la tête comme une fleur qui tombe ; sa voisine, au contraire, grande, indolente, aux habitudes musulmanes, l'œil long, noir, humide ; parlant peu, mais songeant et regardant à la dérobée la tête d'Antinoüs. Au milieu d'elles, comme le jocoso d'une pièce espagnole, pleine d'esprit et de saillies épigrammatiques, une fille les espionnait toutes d'un seul coup d'œil, les faisait rire et levait sans cesse sa figure trop vive pour n'être pas jolie ; elle commandait au premier groupe des écolières qui comprenait les filles de banquier, de notaire et de négociant ; toutes riches, mais essuyant toutes les dédains imperceptibles quoique poignants que leur prodiguaient les autres jeunes personnes appartenant à l'aristocratie. Celles-ci étaient gouvernées par la fille d'un huissier du cabinet du roi, petite créature aussi sotte que vaine, et fière d'avoir pour père un homme ayant une charge à la Cour ; elle voulait toujours paraître avoir compris du premier coup les observations du maître et semblait travailler par grâce ; elle se servait d'un lorgnon, ne venait que très-parée, tard, et suppliait ses compagnes de parler bas. Dans ce second groupe, on eût remarqué des tailles délicieuses, des figures distinguées ; mais les regards de ces jeunes filles offraient peu de naïveté. Si leurs attitudes étaient élégantes et leurs mouvements gracieux, les figures manquaient de franchise, et l'on devinait facilement qu'elles appartenaient à un monde où la politesse façonne de bonne heure les caractères, où l'abus des jouissances sociales tue les sentiments et développe l'égoïsme. Lorsque cette réunion était complète, il se trouvait dans le nombre de ces jeunes filles des têtes enfantines, des vierges d'une pureté ravissante, des visages dont la bouche légèrement entr'ouverte laissait voir des dents vierges, et sur laquelle errait un sourire de vierge. L'atelier ne ressemblait pas alors à un sérail, mais à un groupe d'anges assis sur un nuage dans le ciel.

Il était environ midi, Servin n'avait pas encore paru, ses écolières savaient qu'il achevait un tableau pour l'exposition. Depuis quelques jours, la plupart du temps il restait à un atelier qu'il avait ailleurs. Tout à coup, mademoiselle Amélie Thirion, chef du parti aristocratique de cette petite assemblée, parla long-temps à sa voisine, et il se fit un grand silence dans le groupe des patriciennes. Le parti de la banque, étonné, se tut également, et tâcha de deviner le sujet d'une semblable conférence. Le secret des jeunes ultrà fut bientôt connu. Amélie se leva, prit à quelques pas d'elle un chevalet qu'elle alla placer à une assez grande distance du noble groupe, près d'une cloison grossière qui séparait l'atelier d'un cabinet obscur où l'on jetait les plâtres brisés, les toiles condamnées par le professeur, et où se mettait la provision de bois en hiver. L'action d'Amélie devait être bien hardie, car elle excita un murmure de surprise. La jeune élégante n'en tint compte, et acheva d'opérer le déménagement de sa compagne absente en roulant vivement près du chevalet la boîte à couleur et le tabouret, enfin tout, jusqu'à un tableau de Prudhon que copiait l'élève en retard. Ce coup d'état excita une stupéfaction générale. Si le côté droit se mit à travailler silencieusement, le côté gauche pérora longuement.

– Que va dire mademoiselle Piombo, demanda une jeune fille à mademoiselle Mathilde Roguin, l'oracle malicieux du premier groupe.

– Elle n'est pas fille à parler, répondit-elle ; mais dans cinquante ans elle se souviendra de cette injure comme si elle l'avait reçue la veille, et saura s'en venger cruellement. C'est une personne avec laquelle je ne voudrais pas être en guerre.

– La proscription dont la frappent ces demoiselles est d'autant plus injuste, dit une autre jeune fille, qu'avant-hier mademoiselle Ginevra était fort triste ; son père venait, dit-on, de donner sa démission. Ce serait donc ajouter à son malheur, tandis qu'elle a été fort bonne pour ces demoiselles pendant les Cent-Jours. Leur a-t-elle jamais dit une parole qui pût les blesser. Elle évitait au contraire de parler politique. Mais nos Ultras paraissent agir plutôt par jalousie que par esprit de parti.

– J'ai envie d'aller chercher le chevalet de mademoiselle Piombo, et de le mettre auprès du mien, dit Mathilde Roguin. Elle se leva, mais une réflexion la fit rasseoir : – Avec un caractère comme celui de mademoiselle Ginevra, dit-elle, on ne peut pas savoir de quelle manière elle prendrait notre politesse, attendons l'événement.

– Eccola, dit languissamment la jeune fille aux yeux noirs.

En effet, le bruit des pas d'une personne qui montait l'escalier retentit dans la salle. Ce mot : – « La voici ! » passa de bouche en bouche, et le plus profond silence régna dans l'atelier.

Pour comprendre l'importance de l'ostracisme exercé par Amélie Thirion, il est nécessaire d'ajouter que cette scène avait lieu vers la fin du mois de juillet 1815. Le second retour des Bourbons venait de troubler bien des amitiés qui avaient résisté au mouvement de la première restauration. En ce moment les familles étaient presque toutes divisées d'opinion, et le fanatisme politique renouvelait plusieurs de ces déplorables scènes qui, aux époques de guerre civile ou religieuse, souillent l'histoire de tous les pays. Les enfants, les jeunes filles, les vieillards partageaient la fièvre monarchique à laquelle le gouvernement était en proie. La discorde se glissait sous tous les toits, et la défiance teignait de ses sombres couleurs les actions et les discours les plus intimes. Ginevra Piombo aimait Napoléon avec idolâtrie, et comment aurait-elle pu le haïr ? l'Empereur était son compatriote et le bienfaiteur de son père. Le baron de Piombo était un des serviteurs de Napoléon qui avaient coopéré le plus efficacement au retour de l'île d'Elbe. Incapable de renier sa foi politique, jaloux même de la confesser, le vieux baron de Piombo restait à Paris au milieu de ses ennemis. Ginevra Piombo pouvait donc être d'autant mieux mise au nombre des personnes suspectes, qu'elle ne faisait pas mystère du chagrin que la seconde restauration causait à sa famille. Les seules larmes qu'elle eût peut-être versées dans sa vie lui furent arrachées par la double nouvelle de la captivité de Bonaparte sur le Bellérophon et de l'arrestation de Labédoyère.

Les jeunes personnes qui composaient le groupe des nobles appartenaient aux familles royalistes les plus exaltées de Paris. Il serait difficile de donner une idée des exagérations de cette époque et de l'horreur que causaient les bonapartistes. Quelque insignifiante et petite que puisse paraître aujourd'hui l'action d'Amélie Thirion, elle était alors une expression de haine fort naturelle. Ginevra Piombo, l'une des premières écolières de Servin, occupait la place dont on voulait la priver depuis le jour où elle était venue à l'atelier ; le groupe aristocratique l'avait insensiblement entourée : la chasser d'une place qui lui appartenait en quelque sorte était non-seulement lui faire injure, mais lui causer une espèce de peine ; car les artistes ont tous une place de prédilection pour leur travail. Mais l'animadversion politique entrait peut-être pour peu de chose dans la conduite de ce petit Côté Droit de l'atelier. Ginevra Piombo, la plus forte des élèves de Servin, était l'objet d'une profonde jalousie : le maître professait autant d'admiration pour les talents que pour le caractère de cette élève favorite qui servait de terme à toutes ses comparaisons ; enfin, sans qu'on s'expliquât l'ascendant que cette jeune personne obtenait sur tout ce qui l'entourait, elle exerçait sur ce petit monde un prestige presque semblable à celui de Bonaparte sur ses soldats. L'aristocratie de l'atelier avait résolu depuis plusieurs jours la chute de cette reine ; mais, personne n'ayant encore osé s'éloigner de la bonapartiste, mademoiselle Thirion venait de frapper un coup décisif, afin de rendre ses compagnes complices de sa haine. Quoique Ginevra fût sincèrement aimée par deux ou trois des Royalistes, presque toutes chapitrées au logis paternel relativement à la politique, elles jugèrent, avec ce tact particulier aux femmes, qu'elles devaient rester indifférentes à la querelle. À son arrivée, Ginevra fut donc accueillie par un profond silence. De toutes les jeunes filles venues jusqu'alors dans l'atelier de Servin, elle était la plus belle, la plus grande et la mieux faite. Sa démarche possédait un caractère de noblesse et de grâce qui commandait le respect. Sa figure empreinte d'intelligence semblait rayonner, tant y respirait cette animation particulière aux Corses et qui n'exclut point le calme. Ses longs cheveux, ses yeux et ses cils noirs exprimaient la passion. Quoique les coins de sa bouche se dessinassent mollement et que ses lèvres fussent un peu trop fortes, il s'y peignait cette bonté que donne aux êtres forts la conscience de leur force. Par un singulier caprice de la nature, le charme de son visage se trouvait en quelque sorte démenti par un front de marbre où se peignait une fierté presque sauvage, où respiraient les mœurs de la Corse. Là était le seul lien qu'il y eût entre elle et son pays natal : dans tout le reste de sa personne, la simplicité, l'abandon des beautés lombardes séduisaient si bien qu'il fallait ne pas la voir pour lui causer la moindre peine. Elle inspirait un si vif attrait que, par prudence, son vieux père la faisait accompagner jusqu'à l'atelier. Le seul défaut de cette créature véritablement poétique venait de la puissance même d'une beauté si largement développée : elle avait l'air d'être femme. Elle s'était refusée au mariage, par amour pour son père et sa mère, en se sentant nécessaire à leurs vieux jours. Son goût pour la peinture avait remplacé les passions qui agitent ordinairement les femmes.

– Vous êtes bien silencieuses aujourd'hui, mesdemoiselles, dit-elle après avoir fait deux ou trois pas au milieu de ses compagnes. – Bonjour, ma petite Laure, ajouta-t-elle d'un ton doux et caressant en s'approchant de la jeune fille qui peignait loin des autres. Cette tête est fort bien ! Les chairs sont un peu trop roses, mais tout en est dessiné à merveille.

Laure leva la tête, regarda Ginevra d'un air attendri, et leurs figures s'épanouirent en exprimant une même affection. Un faible sourire anima les lèvres de l'Italienne qui paraissait songeuse, et qui se dirigea lentement vers sa place en regardant avec nonchalance les dessins ou les tableaux, en disant bonjour à chacune des jeunes filles du premier groupe, sans s'apercevoir de la curiosité insolite qu'excitait sa présence. On eût dit d'une reine dans sa cour. Elle ne donna aucune attention au profond silence qui régnait parmi les patriciennes, et passa devant leur camp sans prononcer un seul mot. Sa préoccupation fut si grande qu'elle se mit à son chevalet, ouvrit sa boîte à couleurs, prit ses brosses, revêtit ses manches brunes, ajusta son tablier, regarda son tableau, examina sa palette, sans penser, pour ainsi dire, à ce qu'elle faisait. Toutes les têtes du groupe des bourgeoises étaient tournées vers elle. Si les jeunes personnes du camp Thirion ne mettaient pas tant de franchise que leurs compagnes dans leur impatience, leurs œillades n'en étaient pas moins dirigées sur Ginevra.

– Elle ne s'aperçoit de rien, dit mademoiselle Roguin.

En ce moment Ginevra quitta l'attitude méditative dans laquelle elle avait contemplé sa toile, et tourna la tête vers le groupe aristocratique. Elle mesura d'un seul coup d'œil la distance qui l'en séparait, et garda le silence.

– Elle ne croit pas qu'on ait eu la pensée de l'insulter, dit Mathilde, elle n'a ni pâli, ni rougi. Comme ces demoiselles vont être vexées si elle se trouve mieux à sa nouvelle place qu'à l'ancienne ! – Vous êtes là hors ligne, mademoiselle, ajouta-t-elle alors à haute voix en s'adressant à Ginevra.

L'Italienne feignit de ne pas entendre, ou peut-être n'entendit-elle pas ; elle se leva brusquement, longea avec une certaine lenteur la cloison qui séparait le cabinet noir de l'atelier, et parut examiner le châssis d'où venait le jour en y donnant tant d'importance qu'elle monta sur une chaise pour attacher beaucoup plus haut la serge verte qui interceptait la lumière. Arrivée à cette hauteur, elle atteignit à une crevasse assez légère dans la cloison, le véritable but de ses efforts, car le regard qu'elle y jeta ne peut se comparer qu'à celui d'un avare découvrant les trésors d'Aladin ; elle descendit vivement, revint à sa place, ajusta son tableau, feignit d'être mécontente du jour, approcha de la cloison une table sur laquelle elle mit une chaise, grimpa lestement sur cet échafaudage, et regarda de nouveau par la crevasse. Elle ne jeta qu'un regard dans le cabinet alors éclairé par un jour de souffrance qu'on avait ouvert, et ce qu'elle y aperçut produisit sur elle une sensation si vive qu'elle tressaillit.

– Vous allez tomber, mademoiselle Ginevra, s'écria Laure.

Toutes les jeunes filles regardèrent l'imprudente qui chancelait. La peur de voir arriver ses compagnes auprès d'elle lui donna du courage, elle retrouva ses forces et son équilibre, se tourna vers Laure en se dandinant sur sa chaise, et dit d'une voix émue : – Bah ! c'est encore un peu plus solide qu'un trône ! Elle se hâta d'arracher la serge, descendit, repoussa la table et la chaise bien loin de la cloison, revint à son chevalet, et fit encore quelques essais en ayant l'air de chercher une masse de lumière qui lui convînt. Son tableau ne l'occupait guère, son but était de s'approcher du cabinet noir auprès duquel elle se plaça, comme elle le désirait, à côté de la porte. Puis elle se mit à préparer sa palette en gardant le plus profond silence. À cette place, elle entendit bientôt plus distinctement le léger bruit qui, la veille, avait si fortement excité sa curiosité et fait parcourir à sa jeune imagination le vaste champ des conjectures. Elle reconnut facilement la respiration forte et régulière de l'homme endormi qu'elle venait de voir. Sa curiosité était satisfaite au delà de ses souhaits, mais elle se trouvait chargée d'une immense responsabilité. À travers la crevasse, elle avait entrevu l'aigle impériale, et, sur un lit de sangles faiblement éclairé, la figure d'un officier de la Garde. Elle devina tout : Servin cachait un proscrit. Maintenant elle tremblait qu'une de ses compagnes ne vînt examiner son tableau, et n'entendît ou la respiration de ce malheureux ou quelque aspiration trop forte, comme celle qui était arrivée à son oreille pendant la dernière leçon. Elle résolut de rester auprès de cette porte, en se fiant à son adresse pour déjouer les chances du sort.

– Il vaut mieux que je sois là, pensait-elle, pour prévenir un accident sinistre, que de laisser le pauvre prisonnier à la merci d'une étourderie. Tel était le secret de l'indifférence apparente que Ginevra avait manifestée en trouvant son chevalet dérangé ; elle en fut intérieurement enchantée, puisqu'elle avait pu satisfaire assez naturellement sa curiosité : puis, en ce moment, elle était trop vivement préoccupée pour chercher la raison de son déménagement. Rien n'est plus mortifiant pour des jeunes filles, comme pour tout le monde, que de voir une méchanceté, une insulte ou un bon mot manquant leur effet par suite du dédain qu'en témoigne la victime. Il semble que la haine envers un ennemi s'accroisse de toute la hauteur à laquelle il s'élève au-dessus de nous. La conduite de Ginevra devint une énigme pour toutes ses compagnes. Ses amies comme ses ennemies furent également surprises ; car on lui accordait toutes les qualités possibles, hormis le pardon des injures. Quoique les occasions de déployer ce vice de caractère eussent été rarement offertes à Ginevra dans les événements de sa vie d'atelier, les exemples qu'elle avait pu donner de ses dispositions vindicatives et de sa fermeté n'en avaient pas moins laissé des impressions profondes dans l'esprit de ses compagnes. Après bien des conjectures, mademoiselle Roguin finit par trouver dans le silence de l'Italienne une grandeur d'âme au-dessus de tout éloge ; et son cercle, inspiré par elle, forma le projet d'humilier l'aristocratie de l'atelier. Elles parvinrent à leur but par un feu de sarcasmes qui abattit l'orgueil du Côté Droit. L'arrivée de madame Servin mit fin à cette lutte d'amour-propre. Avec cette finesse qui accompagne toujours la méchanceté, Amélie avait remarqué, analysé, commenté la prodigieuse préoccupation qui empêchait Ginevra d'entendre la dispute aigrement polie dont elle était l'objet. La vengeance que mademoiselle Roguin et ses compagnes tiraient de mademoiselle Thirion et de son groupe eut alors le fatal effet de faire rechercher par les jeunes Ultras la cause du silence que gardait Ginevra di Piombo. La belle Italienne devint donc le centre de tous les regards, et fut épiée par ses amies comme par ses ennemies. Il est bien difficile de cacher la plus petite émotion, le plus léger sentiment, à quinze jeunes filles curieuses, inoccupées, dont la malice et l'esprit ne demandent que des secrets à deviner, des intrigues à créer, à déjouer, et qui savent trouver trop d'interprétations différentes à un geste, à une œillade, à une parole, pour ne pas en découvrir la véritable signification. Aussi le secret de Ginevra di Piombo fut-il bientôt en grand péril d'être connu. En ce moment la présence de madame Servin produisit un entr'acte dans le drame qui se jouait sourdement au fond de ces jeunes cœurs, et dont les sentiments, les pensées, les progrès étaient exprimés par des phrases presque allégoriques, par de malicieux coups d'œil, par des gestes, et par le silence même, souvent plus intelligible que la parole. Aussitôt que madame Servin entra dans l'atelier, ses yeux se portèrent sur la porte auprès de laquelle était Ginevra. Dans les circonstances présentes, ce regard ne fut pas perdu. Si d'abord aucune des écolières n'y fit attention, plus tard mademoiselle Thirion s'en souvint, et s'expliqua la défiance, la crainte et le mystère qui donnèrent alors quelque chose de fauve aux yeux de madame Servin.

— Mesdemoiselles, dit-elle, monsieur Servin ne pourra pas venir aujourd'hui. Puis elle complimenta chaque jeune personne, en recevant de toutes une foule de ces caresses féminines qui sont autant dans la voix et dans les regards que dans les gestes. Elle arriva promptement auprès de Ginevra dominée par une inquiétude qu'elle déguisait en vain. L'Italienne et la femme du peintre se firent un signe de tête amical, et restèrent toutes deux silencieuses, l'une peignant, l'autre regardant peindre. La respiration du militaire s'entendait facilement, mais madame Servin ne parut pas s'en apercevoir ; et sa dissimulation était si grande, que Ginevra fut tentée de l'accuser d'une surdité volontaire. Cependant l'inconnu se remua dans son lit. L'Italienne regarda fixement madame Servin, qui lui dit alors, sans que son visage éprouvât la plus légère altération : – Votre copie est aussi belle que l'original. S'il me fallait choisir, je serais fort embarrassée.

– Monsieur Servin n'a pas mis sa femme dans la confidence de ce mystère, pensa Ginevra, qui, après avoir répondu à la jeune femme par un doux sourire d'incrédulité, fredonna une canzonetta de son pays pour couvrir le bruit que pourrait faire le prisonnier.

C'était quelque chose de si insolite que d'entendre la studieuse Italienne chanter, que toutes les jeunes filles surprises la regardèrent. Plus tard cette circonstance servit de preuves aux charitables suppositions de la haine. Madame Servin s'en alla bientôt, et la séance s'acheva sans autres événements. Ginevra laissa partir ses compagnes et parut vouloir travailler longtemps encore ; mais elle trahissait à son insu son désir de rester seule, car à mesure que les écolières se préparaient à sortir, elle leur jetait des regards d'impatience mal déguisée. Mademoiselle Thirion, devenue en peu d'heures une cruelle ennemie pour celle qui la primait en tout, devina par un instinct de haine que la fausse application de sa rivale cachait un mystère. Elle avait été frappée plus d'une fois de l'air attentif avec lequel Ginevra s'était mise à écouter un bruit que personne n'entendait. L'expression qu'elle surprit en dernier lieu dans les yeux de l'Italienne fut pour elle un trait de lumière. Elle s'en alla la dernière de toutes les écolières et descendit chez madame Servin, avec laquelle elle causa un instant ; puis elle feignit d'avoir oublié son sac, remonta tout doucement à l'atelier, et aperçut Ginevra grimpée sur un échafaudage fait à la hâte, et si absorbée dans la contemplation du militaire inconnu qu'elle n'entendit pas le léger bruit que produisaient les pas de sa compagne. Il est vrai que, suivant une expression de Walter Scott, Amélie marchait comme sur des œufs ; elle regagna promptement la porte de l'atelier et toussa. Ginevra tressaillit, tourna la tête, vit son ennemie, rougit, s'empressa de détacher la serge pour donner le change sur ses intentions et descendit après avoir rangé sa boîte à couleurs. Elle quitta l'atelier en emportant gravée dans son souvenir l'image d'une tête d'homme aussi gracieuse que celle de l'Endymion, chef-d'œuvre de Girodet qu'elle avait copié quelques jours auparavant.

– Proscrire un homme si jeune ! Qui donc peut-il être ? car ce n'est pas le maréchal Ney.

Ces deux phrases sont l'expression la plus simple de toutes les idées que Ginevra commenta pendant deux jours. Le surlendemain, malgré sa diligence pour arriver la première à l'atelier, elle y trouva mademoiselle Thirion qui s'y était fait conduire en voiture. Ginevra et son ennemie s'observèrent longtemps ; mais elles se composèrent des visages impénétrables l'une pour l'autre. Amélie avait vu la tête ravissante de l'inconnu ; mais, heureusement et malheureusement tout à la fois, les aigles et l'uniforme n'étaient pas placés dans l'espace que la fente lui avait permis d'apercevoir. Elle se perdit alors en conjectures. Tout à coup Servin arriva beaucoup plus tôt qu'à l'ordinaire.

– Mademoiselle Ginevra, dit-il après avoir jeté un coup d'œil sur l'atelier, pourquoi vous êtes-vous mise là ? Le jour est mauvais. Approchez-vous donc de ces demoiselles, et descendez un peu votre rideau.

Puis il s'assit auprès de Laure, dont le travail méritait ses plus complaisantes corrections.

– Comment donc ! s'écria-t-il, voici une tête supérieurement faite. Vous serez une seconde Ginevra.

Le maître alla de chevalet en chevalet, grondant, flattant, plaisantant, et faisant, comme toujours, craindre plutôt ses plaisanteries que ses réprimandes. L'Italienne n'avait pas obéi aux observations du professeur, et restait à son poste avec la ferme intention de ne pas s'en écarter. Elle prit une feuille de papier et se mit à croquer à la sépia la tête du pauvre reclus.

Une œuvre conçue avec passion porte toujours un cachet particulier. La faculté d'imprimer aux traductions de la nature ou de la pensée des couleurs vraies constitue le génie, et souvent la passion en tient lieu. Aussi, dans la circonstance où se trouvait Ginevra, l'intuition qu'elle devait à sa mémoire vivement frappée, ou la nécessité peut-être, cette mère des grandes choses, lui prêta-t-elle un talent surnaturel. La tête de l'officier fut jetée sur le papier au milieu d'un tressaillement intérieur qu'elle attribuait à la crainte, et dans lequel un physiologiste aurait reconnu la fièvre de l'inspiration. Elle glissait de temps en temps un regard furtif sur ses compagnes, afin de pouvoir cacher le lavis en cas d'indiscrétion de leur part. Malgré son active surveillance, il y eut un moment où elle n'aperçut pas le lorgnon que son impitoyable ennemie braquait sur le mystérieux dessin, en s'abritant derrière un grand portefeuille. Mademoiselle Thirion, qui reconnut la figure du proscrit, leva brusquement la tête, et Ginevra serra la feuille de papier.

– Pourquoi êtes-vous donc restée là malgré mon avis, mademoiselle ? demanda gravement le professeur à Ginevra.

L'écolière tourna vivement son chevalet de manière que personne ne pût voir son lavis, et dit d'une voix émue en le montrant à son maître : – Ne trouvez-vous pas comme moi que ce jour est plus favorable ? ne dois-je pas rester là ?

Servin pâlit. Comme rien n'échappe aux yeux perçants de la haine, mademoiselle Thirion se mit, pour ainsi dire, en tiers dans les émotions qui agitèrent le maître et l'écolière.

– Vous avez raison, dit Servin. Mais vous en saurez bientôt plus que moi, ajouta-t-il en riant forcément. Il y eut une pause pendant laquelle le professeur contempla la tête de l'officier. – Ceci est un chef-d'œuvre digne de Salvator Rosa, s'écria-t-il avec une énergie d'artiste.

À cette exclamation, toutes les jeunes personnes se levèrent, et mademoiselle Thirion accourut avec la vélocité du tigre qui se jette sur sa proie. En ce moment le proscrit éveillé par le bruit se remua. Ginevra fit tomber son tabouret, prononça des phrases assez incohérentes et se mit à rire ; mais elle avait plié le portrait et l'avait jeté dans son portefeuille avant que sa redoutable ennemie eût pu l'apercevoir. Le chevalet fut entouré, Servin détailla à haute voix les beautés de la copie que faisait en ce moment son élève favorite, et tout le monde fut dupe de ce stratagème, moins Amélie qui, se plaçant en arrière de ses compagnes, essaya d'ouvrir le portefeuille où elle avait vu mettre le lavis. Ginevra saisit le carton et le plaça devant elle sans mot dire. Les deux jeunes filles s'examinèrent alors en silence.

Allons, mesdemoiselles, à vos places, dit Servin. Si vous voulez en savoir autant que mademoiselle de Piombo, il ne faut pas toujours parler modes ou bals et baguenauder comme vous faites.

Quand toutes les jeunes personnes eurent regagné leurs chevalets, Servin s'assit auprès de Ginevra.

– Ne valait-il pas mieux que ce mystère fût découvert par moi que par une autre ? dit l'Italienne en parlant à voix basse.

– Oui, répondit le peintre. Vous êtes patriote ; mais, ne le fussiez-vous pas, ce serait encore vous à qui je l'aurais confié.

Le maître et l'écolière se comprirent, et Ginevra ne craignit plus de demander : – Qui est-ce ?

– L'ami intime de Labédoyère, celui qui, après l'infortuné colonel, a contribué le plus à la réunion du septième avec les grenadiers de l'île d'Elbe. Il était chef d'escadron dans la Garde, et revient de Waterloo.

– Comment n'avez-vous pas brûlé son uniforme, son shako, et ne lui avez-vous pas donné des habits bourgeois ? dit vivement Ginevra.

— On doit m'en apporter ce soir.

— Vous auriez dû fermer notre atelier pendant quelques jours.

— Il va partir.

— Il veut donc mourir ? dit la jeune fille. Laissez-le chez vous pendant le premier moment de la tourmente. Paris est encore le seul endroit de la France où l'on puisse cacher sûrement un homme. Il est votre ami ? demanda-t-elle.

— Non, il n'a pas d'autres titres à ma recommandation que son malheur. Voici comment il m'est tombé sur les bras : mon beau-père, qui avait repris du service pendant cette campagne, a rencontré ce pauvre jeune homme, et l'a très-subtilement sauvé des griffes de ceux qui ont arrêté Labédoyère. Il voulait le défendre, l'insensé !

— C'est vous qui le nommez ainsi ! s'écria Ginevra en lançant un regard de surprise au peintre, qui garda le silence un moment.

— Mon beau-père est trop espionné pour pouvoir garder quelqu'un chez lui, reprit-il. Il me l'a donc nuitamment amené la semaine dernière. J'avais espéré le dérober à tous les yeux en le mettant dans ce coin, le seul endroit de la maison où il puisse être en sûreté.

— Si je puis vous être utile, employez-moi, dit Ginevra, je connais le maréchal Feltre.

— Eh bien ! nous verrons, répondit le peintre.

Cette conversation dura trop longtemps pour ne pas être remarquée de toutes les jeunes filles. Servin quitta Ginevra, revint encore à chaque chevalet, et donna de si longues leçons qu'il était encore sur l'escalier quand sonna l'heure à laquelle ses écolières avaient l'habitude de partir.

— Vous oubliez votre sac, mademoiselle Thirion, s'écria le professeur en courant après la jeune fille, qui descendait jusqu'au métier d'espion pour satisfaire sa haine.

La curieuse élève vint chercher son sac en manifestant un peu de surprise de son étourderie, mais le soin de Servin fut pour elle une nouvelle preuve de l'existence d'un mystère dont la gravité n'était pas douteuse ; elle avait déjà inventé tout ce qui devait être, et pouvait dire comme l'abbé Vertot : Mon siége est fait. Elle descendit bruyamment l'escalier et tira violemment la porte qui donnait dans l'appartement de Servin, afin de faire croire qu'elle sortait ; mais elle remonta doucement, et se tint derrière la porte de l'atelier. Quand le peintre et Ginevra se crurent seuls, il frappa d'une certaine manière à la porte de la mansarde, qui tourna aussitôt sur ses gonds rouillés et criards. L'Italienne vit paraître un jeune homme grand et bien fait dont l'uniforme impérial lui fit battre le cœur. L'officier avait un bras en écharpe, et la pâleur de son teint accusait de vives souffrances. En apercevant une inconnue, il tressaillit. Amélie, qui ne pouvait rien voir, trembla de rester plus longtemps ; mais il lui suffisait d'avoir entendu le grincement de la porte, elle s'en alla sans bruit.

— Ne craignez rien, dit le peintre à l'officier ; mademoiselle est la fille du plus fidèle ami de l'Empereur, le baron de Piombo.

Le jeune militaire ne conserva plus de doute sur le patriotisme de Ginevra, après l'avoir vue.

— Vous êtes blessé ? dit-elle.

— Oh ! ce n'est rien, mademoiselle, la plaie se referme.

En ce moment, les voix criardes et perçantes des colporteurs arrivèrent jusqu'à l'atelier : « Voici le jugement qui condamne à mort... » Tous trois tressaillirent. Le soldat entendit, le premier, un nom qui le fit pâlir.

– Labédoyère ! dit-il en tombant sur le tabouret.

Ils se regardèrent en silence. Des gouttes de sueur se formèrent sur le front livide du jeune homme, il saisit d'une main et par un geste de désespoir les touffes noires de sa chevelure, et appuya son coude sur le bord du chevalet de Ginevra.

– Après tout, dit-il en se levant brusquement, Labédoyère et moi nous savions ce que nous faisions. Nous connaissions le sort qui nous attendait après le triomphe comme après la chute. Il meurt pour sa cause, et moi je me cache...

Il alla précipitamment vers la porte de l'atelier ; mais plus leste que lui, Ginevra s'était élancée et lui en barrait le chemin.

– Rétablirez-vous l'Empereur ? dit-elle. Croyez-vous pouvoir relever ce géant quand lui-même n'a pas su rester debout ?

– Que voulez-vous que je devienne ? dit alors le proscrit en s'adressant aux deux amis que lui avait envoyés le hasard. Je n'ai pas un seul parent dans le monde, Labédoyère était mon protecteur et mon ami, je suis seul ; demain je serai peut-être proscrit ou condamné, je n'ai jamais eu que ma paye pour fortune, j'ai mangé mon dernier écu pour venir arracher Labédoyère à son sort et tâcher de l'emmener ; la mort est donc une nécessité pour moi. Quand on est décidé à mourir, il faut savoir vendre sa tête au bourreau. Je pensais tout à l'heure que la vie d'un honnête homme vaut bien celle de deux traîtres, et qu'un coup de poignard bien placé peut donner l'immortalité !

Cet accès de désespoir effraya le peintre et Ginevra elle-même, qui comprit bien le jeune homme. L'Italienne admira cette belle tête et cette voix délicieuse dont la douceur était à peine altérée par des accents de fureur ; puis elle jeta tout à coup du baume sur toutes les plaies de l'infortuné.

– Monsieur, dit-elle, quant à votre détresse pécuniaire, permettez-moi de vous offrir l'or de mes économies. Mon père est riche, je suis son seul enfant, il m'aime, et je suis bien sûre qu'il ne me blâmera pas. Ne vous faites pas scrupule d'accepter : nos biens viennent de l'Empereur, nous n'avons pas un centime qui ne soit un effet de sa munificence. N'est-ce pas être reconnaissants que d'obliger un de ses fidèles soldats ? Prenez donc cette somme avec aussi peu de façons que j'en mets à vous l'offrir. Ce n'est que de l'argent, ajouta-t-elle d'un ton de mépris. Maintenant, quant à des amis, vous en trouverez ! Là, elle leva fièrement la tête, et ses yeux brillèrent d'un éclat inusité. – La tête qui tombera demain devant une douzaine de fusils sauve la vôtre, reprit-elle. Attendez que cet orage passe, et vous pourrez aller chercher du service à l'étranger si l'on ne vous oublie pas, ou dans l'armée française si l'on vous oublie.

Il existe dans les consolations que donne une femme une délicatesse qui a toujours quelque chose de maternel, de prévoyant, de complet. Mais quand, à ces paroles de paix et d'espérance, se joignent la grâce des gestes, cette éloquence de ton qui vient du cœur, et que surtout la bienfaitrice est belle, il est difficile à un jeune homme de résister. Le colonel aspira l'amour par tous les sens. Une légère teinte rose nuança ses joues blanches, ses yeux perdirent un peu de la mélancolie qui les ternissait, et il dit d'un son de voix particulier : – Vous êtes un ange de bonté ! Mais Labédoyère, ajouta-t-il, Labédoyère !

À ce cri, ils se regardèrent tous les trois en silence, et ils se comprirent. Ce n'était plus des amis de vingt minutes, mais de vingt ans.

– Mon cher, reprit Servin, pouvez-vous le sauver !

– Je puis le venger.

Ginevra tressaillit : quoique l'inconnu fût beau, son aspect n'avait point ému la jeune fille ; la douce pitié que les femmes trouvent dans leur cœur pour les misères qui n'ont rien d'ignoble avait étouffé chez Ginevra toute autre affection : mais entendre un cri de vengeance, rencontrer dans ce proscrit une âme italienne, du dévouement pour Napoléon, de la générosité à la corse ?... c'en était trop pour elle ; elle contempla donc l'officier avec une émotion respectueuse qui lui agita fortement le cœur. Pour la première fois, un homme lui faisait éprouver un sentiment si vif. Comme toutes les femmes, elle se plut à mettre l'âme de l'inconnu en harmonie avec la beauté distinguée de ses traits, avec les heureuses proportions de sa taille qu'elle admirait en artiste. Menée par le hasard de la curiosité à la pitié, de la pitié à un intérêt puissant, elle arrivait de cet intérêt à des sensations si profondes, qu'elle crut dangereux de rester là plus longtemps.

– À demain, dit-elle en laissant à l'officier le plus doux de ses sourires pour consolation.

En voyant ce sourire, qui jetait comme un nouveau jour sur la figure de Ginevra, l'inconnu oublia tout pendant un instant.

– Demain, répondit-il avec tristesse, demain, Labédoyère...

Ginevra se retourna, mit un doigt sur ses lèvres, et le regarda comme si elle lui disait : – Calmez-vous, soyez prudent.

Alors le jeune homme s'écria : – O Dio ! che non vorrei vivere dopo averla veduta ! (Ô Dieu, qui ne voudrait vivre après l'avoir vue !)

L'accent particulier avec lequel il prononça cette phrase fit tressaillir Ginevra.

– Vous êtes Corse ? s'écria-t-elle en revenant à lui le cœur palpitant d'aise.

– Je suis né en Corse, répondit-il ; mais j'ai été amené très-jeune à Gênes ; et, aussitôt que j'eus atteint l'âge auquel on entre au service militaire, je me suis engagé.

La beauté de l'inconnu, l'attrait surnaturel que lui prêtaient ses opinions bonapartistes, sa blessure, son malheur, son danger même, tout disparut aux yeux de Ginevra, ou plutôt tout se fondit dans un seul sentiment, nouveau, délicieux. Ce proscrit était un enfant de la Corse, il en parlait le langage chéri ! La jeune fille resta pendant un moment immobile, retenue par une sensation magique. Elle avait en effet sous les yeux un tableau vivant auquel tous les sentiments humains réunis et le hasard donnaient de vives couleurs. Sur l'invitation de Servin, l'officier s'était assis sur un divan. Le peintre avait dénoué l'écharpe qui retenait le bras de son hôte, et s'occupait à en défaire l'appareil afin de panser la blessure. Ginevra frissonna en voyant la longue et large plaie que la lame d'un sabre avait faite sur l'avant-bras du jeune homme, et laissa échapper une plainte. L'inconnu leva la tête vers elle et se mit à sourire. Il y avait quelque chose de touchant et qui allait à l'âme dans l'attention avec laquelle Servin enlevait la charpie et tâtait les chairs meurtries ; tandis que la figure du blessé, quoique pâle et maladive, exprimait, à l'aspect de la jeune fille, plus de plaisir que de souffrance. Une artiste devait admirer involontairement cette opposition de sentiments, et les contrastes que produisaient la blancheur des linges, la nudité du bras, avec l'uniforme bleu et rouge de l'officier. En ce moment, une obscurité douce enveloppait l'atelier ; mais un dernier rayon de soleil vint éclairer la place où se trouvait le proscrit, en sorte que sa noble et blanche figure, ses cheveux noirs, ses vêtements, tout fut inondé par le jour. Cet effet si simple, la superstitieuse Italienne le prit pour un heureux présage. L'inconnu ressemblait ainsi à un céleste messager qui lui faisait entendre le langage de la patrie, et la mettait sous le charme des souvenirs de son enfance, pendant que dans son cœur naissait un sentiment aussi frais, aussi pur que son premier âge d'innocence. Pendant un moment bien court, elle demeura songeuse et comme plongée dans une pensée infinie ; puis elle rougit de laisser voir sa préoccupation, échangea un doux et rapide regard avec le proscrit, et s'enfuit en le voyant toujours.

Le lendemain n'était pas un jour de leçon, Ginevra vint à l'atelier et le prisonnier put rester auprès de sa compatriote ; Servin, qui avait une esquisse à terminer, permit au reclus d'y demeurer en servant de mentor aux deux jeunes gens, qui s'entretinrent souvent en corse. Le pauvre soldat raconta ses souffrances pendant la déroute de Moscou, car il s'était trouvé, à l'âge de dix-neuf ans, au passage de la Bérézina, seul de son régiment après avoir perdu dans ses camarades les seuls hommes qui pussent s'intéresser à un orphelin. Il peignit en traits de feu le grand désastre de Waterloo. Sa voix fut une musique pour l'Italienne. Élevée à la corse, Ginevra était en quelque sorte la fille de la nature, elle ignorait le mensonge et se livrait sans détour à ses impressions, elle les avouait, ou plutôt les laissait deviner sans le manége de la petite et calculatrice coquetterie des jeunes filles de Paris.

Pendant cette journée, elle resta plus d'une fois, sa palette d'une main, son pinceau de l'autre, sans que le pinceau s'abreuvât des couleurs de la palette : les yeux attachés sur l'officier et la bouche légèrement entr'ouverte, elle écoutait, se tenant toujours prête à donner un coup de pinceau qu'elle ne donnait jamais. Elle ne s'étonnait pas de trouver tant de douceur dans les yeux du jeune homme, car elle sentait les siens devenir doux malgré sa volonté de les tenir sévères ou calmes. Puis, elle peignait ensuite avec une attention particulière et pendant des heures entières, sans lever la tête, parce qu'il était là, près d'elle, la regardant travailler. La première fois qu'il vint s'asseoir pour la contempler en silence, elle lui dit d'un son de voix ému, et après une longue pause : – Cela vous amuse donc, de voir peindre ?

Ce jour-là, elle apprit qu'il se nommait Luigi. Avant de se séparer, ils convinrent que, les jours d'atelier, s'il arrivait quelque événement politique important, Ginevra l'en instruirait en chantant à voix basse certains airs italiens.

Le lendemain, mademoiselle Thirion apprit sous le secret à toutes ses compagnes que Ginevra di Piombo était aimée d'un jeune homme qui venait, pendant les heures consacrées aux leçons, s'établir dans le cabinet noir de l'atelier.

– Vous qui prenez son parti, dit-elle à mademoiselle Roguin, examinez-la bien, et vous verrez à quoi elle passera son temps.

Ginevra fut donc observée avec une attention diabolique. On écouta ses chansons, on épia ses regards. Au moment où elle ne croyait être vue de personne, une douzaine d'yeux étaient incessamment arrêtés sur elle. Ainsi prévenues, ces jeunes filles interprétèrent dans leur sens vrai les agitations qui passèrent sur la brillante figure de l'Italienne, et ses gestes, et l'accent particulier de ses fredonnements, et l'air attentif avec lequel elle écoutait des sons indistincts qu'elle seule entendait à travers la cloison. Au bout d'une huitaine de jours, une seule des quinze élèves de Servin s'était refusée à voir Louis par la crevasse de la cloison. Cette jeune fille était Laure, la jolie personne pauvre et assidue qui, par un instinct de faiblesse, aimait véritablement la belle Corse et la défendait encore. Mademoiselle Roguin voulut faire rester Laure sur l'escalier à l'heure du départ, afin de lui prouver l'intimité de Ginevra et du beau jeune homme en les surprenant ensemble. Laure refusa de descendre à un espionnage que la curiosité ne justifiait pas, et devint l'objet d'une réprobation universelle.

Bientôt la fille de l'huissier du cabinet du roi trouva qu'il n'était pas convenable pour elle de venir à l'atelier d'un peintre dont les opinions avaient une teinte de patriotisme ou de bonapartisme, ce qui, à cette époque, semblait une seule et même chose ; elle ne revint donc plus chez

Servin, qui refusa poliment d'aller chez elle. Si Amélie oublia Ginevra, le mal qu'elle avait semé porta ses fruits. Insensiblement, par hasard, par caquetage ou par pruderie, toutes les autres jeunes personnes instruisirent leurs mères de l'étrange aventure qui se passait à l'atelier. Un jour Mathilde Roguin ne vint pas, la leçon suivante ce fut une autre jeune fille ; enfin trois ou quatre demoiselles, qui étaient restées les dernières, ne revinrent plus. Ginevra et mademoiselle Laure, sa petite amie, furent pendant deux ou trois jours les seules habitantes de l'atelier désert. L'Italienne ne s'apercevait point de l'abandon dans lequel elle se trouvait, et ne recherchait même pas la cause de l'absence de ses compagnes. Ayant inventé depuis peu les moyens de correspondre mystérieusement avec Louis, elle vivait à l'atelier comme dans une délicieuse retraite, seule au milieu d'un monde, ne pensant qu'à l'officier et aux dangers qui le menaçaient. Cette jeune fille, quoique sincèrement admiratrice des nobles caractères qui ne veulent pas trahir leur foi politique, pressait Louis de se soumettre promptement à l'autorité royale, afin de le garder en France. Louis ne voulait pas sortir de sa cachette. Si les passions ne naissent et ne grandissent que sous l'influence d'événements extraordinaires et romanesques, on peut dire que jamais tant de circonstances ne concoururent à lier deux êtres par un même sentiment. L'amitié de Ginevra pour Louis et de Louis pour elle fit plus de progrès en un mois qu'une amitié du monde n'en fait en dix ans dans un salon. L'adversité n'est-elle pas la pierre de touche des caractères ? Ginevra put donc apprécier facilement Louis, le connaître, et ils ressentirent bientôt une estime réciproque l'un pour l'autre. Plus âgée que Louis, Ginevra trouvait une douceur extrême à être courtisée par un jeune homme déjà grand, si éprouvé par le sort, et qui joignait à l'expérience d'un homme toutes les grâces de l'adolescence. De son côté, Louis ressentait un indicible plaisir à se laisser protéger en apparence par une fille de vingt-cinq ans. Il y avait dans ce sentiment un certain orgueil inexplicable. Peut-être était-ce une preuve d'amour. L'union de la douceur et de la fierté, de la force et de la faiblesse avait en Ginevra d'irrésistibles attraits, et Louis était entièrement subjugué par elle. Ils s'aimaient si profondément déjà, qu'ils n'avaient eu besoin ni de se le nier, ni de se le dire.

Un jour, vers le soir, Ginevra entendit le signal convenu, Louis frappait avec une épingle sur la boiserie de manière à ne pas produire plus de bruit qu'une araignée qui attache son fil, et demandait ainsi à sortir de sa retraite. L'Italienne jeta un coup d'œil dans l'atelier, ne vit pas la petite Laure, et répondit au signal. Louis ouvrit la porte, aperçut l'écolière, et rentra précipitamment. Étonnée, Ginevra regarde autour d'elle, trouve Laure, et lui dit en allant à son chevalet : – Vous restez bien tard, ma chère. Cette tête me paraît pourtant achevée, il n'y a qu'un reflet à indiquer sur le haut de cette tresse de cheveux.

– Vous seriez bien bonne, dit Laure d'une voix émue, si vous vouliez me corriger cette copie, je pourrais conserver quelque chose de vous…

– Je veux bien, répondit Ginevra sûre de pouvoir ainsi la congédier. Je croyais, reprit-elle en donnant de légers coups de pinceau, que vous aviez beaucoup de chemin à faire de chez vous à l'atelier.

– Oh ! Ginevra, je vais m'en aller et pour toujours, s'écria la jeune fille d'un air triste.

L'Italienne ne fut pas autant affectée de ces paroles pleines de mélancolie qu'elle l'aurait été un mois auparavant.

– Vous quittez monsieur Servin ? demanda-t-elle.

– Vous ne vous apercevez donc pas, Ginevra, que depuis quelque temps il n'y a plus ici que vous et moi ?

– C'est vrai, répondit Ginevra frappée tout à coup comme par un souvenir. Ces demoiselles seraient-elles malades, se marieraient-elles, ou leurs pères seraient-ils tous de service au château ?

– Toutes ont quitté monsieur Servin, répondit Laure.

– Et pourquoi ?

– À cause de vous, Ginevra.

– De moi ! répéta la fille corse en se levant, le front menaçant, l'œil fier et les yeux étincelants.

– Oh ! ne vous fâchez pas, ma bonne Ginevra, s'écria douloureusement Laure. Mais ma mère aussi veut que je quitte l'atelier. Toutes ces demoiselles ont dit que vous aviez une intrigue, que monsieur Servin se prêtait à ce qu'un jeune homme qui vous aime demeurât dans le cabinet noir ; je n'ai jamais cru ces calomnies et n'en ai rien dit à ma mère. Hier au soir, madame Roguin a rencontré ma mère dans un bal et lui a demandé si elle m'envoyait toujours ici. Sur la réponse affirmative de ma mère, elle lui a répété les mensonges de ces demoiselles. Maman m'a bien grondée, elle a prétendu que je devais savoir tout cela, que j'avais manqué à la confiance qui règne entre une mère et sa fille en ne lui en parlant pas. Ô ma chère Ginevra ! moi qui vous prenais pour modèle, combien je suis fâchée de ne plus pouvoir rester votre compagne…

– Nous nous retrouverons dans la vie : les jeunes filles se marient… dit Ginevra.

– Quand elles sont riches, répondit Laure.

– Viens me voir, mon père a de la fortune…

– Ginevra, reprit Laure attendrie, madame Roguin et ma mère doivent venir demain chez monsieur Servin pour lui faire des reproches, au moins qu'il en soit prévenu.

La foudre tombée à deux pas de Ginevra l'aurait moins étonnée que cette révélation.

– Qu'est-ce que cela leur faisait ? dit-elle naïvement.

– Tout le monde trouve cela fort mal. Maman dit que c'est contraire aux mœurs…

– Et vous, Laure, qu'en pensez-vous ?

La jeune fille regarda Ginevra, leurs pensées se confondirent. Laure ne retint plus ses larmes, se jeta au cou de son amie et l'embrassa. En ce moment, Servin arriva.

– Mademoiselle Ginevra, dit-il avec enthousiasme, j'ai fini mon tableau, on le vernit. Qu'avez-vous donc ? Il paraît que toutes ces demoiselles prennent des vacances, ou sont à la campagne.

Laure sécha ses larmes, salua Servin, et se retira.

– L'atelier est désert depuis plusieurs jours, dit Ginevra, et ces demoiselles ne reviendront plus.

– Bah ?…

– Oh ! ne riez pas, reprit Ginevra, écoutez-moi : je suis la cause involontaire de la perte de votre réputation.

L'artiste se mit à sourire, et dit en interrompant son écolière : – Ma réputation ?… mais, dans quelques jours, mon tableau sera exposé.

– Il ne s'agit pas de votre talent, dit l'Italienne ; mais de votre moralité. Ces demoiselles ont publié que Louis était renfermé ici, que vous vous prêtiez… à… notre amour…

– Il y a du vrai là-dedans, mademoiselle, répondit le professeur. Les mères de ces demoiselles sont des bégueules, reprit-il. Si elles étaient venues me trouver, tout se serait expliqué. Mais que je prenne du souci de tout cela ? la vie est trop courte !

Et le peintre fit craquer ses doigts par-dessus sa tête. Louis, qui avait entendu une partie de cette conversation, accourut aussitôt.

– Vous allez perdre toutes vos écolières, s'écria-t-il, et je vous aurai ruiné.

L'artiste prit la main de Louis et celle de Ginevra, les joignit. – Vous vous marierez, mes enfants ? leur demanda-t-il avec une touchante bonhomie. Ils baissèrent tous deux les yeux, et leur silence fut le premier aveu qu'ils se firent. – Eh bien ! reprit Servin, vous serez heureux, n'est-ce pas ? Y a-t-il quelque chose qui puisse payer le bonheur de deux êtres tels que vous ?

– Je suis riche, dit Ginevra, et vous me permettrez de vous indemniser…

– Indemniser !… s'écria Servin. Quand on saura que j'ai été victime des calomnies de quelques sottes, et que je cachais un proscrit ; mais tous les libéraux de Paris m'enverront leurs filles ! Je serai peut-être alors votre débiteur…

Louis serrait la main de son protecteur sans pouvoir prononcer une parole ; mais enfin il lui dit d'une voix attendrie : – C'est donc à vous que je devrai toute ma félicité.

– Soyez heureux, je vous unis ! dit le peintre avec une onction comique et en imposant les mains sur la tête des deux amants.

Cette plaisanterie d'artiste mit fin à leur attendrissement. Ils se regardèrent tous trois en riant. L'Italienne serra la main de Louis par une violente étreinte et avec une simplicité d'action digne des mœurs de sa patrie.

– Ah çà, mes chers enfants, reprit Servin, vous croyez que tout ça va maintenant à merveille ? Eh bien, vous vous trompez.

Les deux amants l'examinèrent avec étonnement.

– Rassurez-vous, je suis le seul que votre espièglerie embarrasse ! Madame Servin est un peu collet-monté, et je ne sais en vérité pas comment nous nous arrangerons avec elle.

– Dieu ! j'oubliais ! s'écria Ginevra. Demain, madame Roguin et la mère de Laure doivent venir vous…

– J'entends ! dit le peintre en interrompant.

– Mais vous pouvez vous justifier, reprit la jeune fille en laissant échapper un geste de tête plein d'orgueil. Monsieur Louis, dit-elle en se tournant vers lui et le regardant avec finesse, ne doit plus avoir d'antipathie pour le gouvernement royal ? – Eh bien, reprit-elle après l'avoir vu souriant, demain matin j'enverrai une pétition à l'un des personnages les plus influents du ministère de la guerre, à un homme qui ne peut rien refuser à la fille du baron de Piombo. Nous obtiendrons un pardon tacite pour le commandant Louis, car ils ne voudront pas vous reconnaître le grade de colonel. Et vous pourrez, ajouta-t-elle en s'adressant à Servin, confondre les mères de mes charitables compagnes en leur disant la vérité.

– Vous êtes un ange ! s'écria Servin.

Pendant que cette scène se passait à l'atelier, le père et la mère de Ginevra s'impatientaient de ne pas la voir revenir.

– Il est six heures, et Ginevra n'est pas encore de retour, s'écria Bartholoméo.

– Elle n'est jamais rentrée si tard, répondit la femme de Piombo.

Les deux vieillards se regardèrent avec toutes les marques d'une anxiété peu ordinaire. Trop agité pour rester en place, Bartholoméo se leva et fit deux fois le tour de son salon assez lestement pour un homme de soixante-dix-sept ans. Grâce à sa constitution robuste, il avait subi peu de changements depuis le jour de son arrivée à Paris, et malgré sa haute taille, il se tenait encore droit. Ses cheveux devenus blancs et rares laissaient à découvert un crâne large et protubérant qui donnait une haute idée de son caractère et de sa fermeté. Sa figure marquée de rides profondes avait pris un très-grand développement et gardait ce teint pâle qui inspire la vénération. La fougue des passions régnait encore dans le feu surnaturel de ses yeux dont les sourcils n'avaient pas entièrement blanchi, et qui conservaient leur terrible mobilité. L'aspect de cette tête était sévère, mais on voyait que Bartholoméo avait le droit d'être ainsi. Sa bonté, sa douceur n'étaient guère connues que de sa femme et de sa fille. Dans ses fonctions ou devant un étranger, il ne déposait jamais la majesté que le temps imprimait à sa personne, et l'habitude de froncer ses gros sourcils, de contracter les rides de son visage, de donner à son regard une fixité napoléonienne, rendait son abord glacial. Pendant le cours de sa vie politique, il avait été si généralement craint, qu'il passait pour peu sociable ; mais il n'est pas difficile d'expliquer les causes de cette réputation. La vie, les mœurs et la fidélité de Piombo faisaient la censure de la plupart des courtisans. Malgré les missions délicates confiées à sa discrétion, et qui pour tout autre eussent été lucratives, il ne possédait pas plus d'une trentaine de mille livres de rente en inscriptions sur le grand-livre. Si l'on vient à songer au bon marché des rentes sous l'empire, à la libéralité de Napoléon envers ceux de ses fidèles serviteurs qui savaient parler, il est facile de voir que le baron de Piombo était un homme d'une probité sévère ; il ne devait son plumage de baron qu'à la nécessité dans laquelle Napoléon s'était trouvé de lui donner un titre en l'envoyant dans une cour étrangère. Bartholoméo avait toujours professé une haine implacable pour les traîtres dont s'entoura Napoléon en croyant les conquérir à force de victoires. Ce fut lui qui, dit-on, fit trois pas vers la porte du cabinet de l'empereur, après lui avoir donné le conseil de se débarrasser de trois hommes en France, la veille du jour où il partit pour sa célèbre et admirable campagne de 1814. Depuis le second retour des Bourbons, Bartholoméo ne portait plus la décoration de la Légion-d'Honneur. Jamais homme n'offrit une plus belle image de ces vieux républicains, amis incorruptibles de l'Empire, qui restaient comme les vivants débris des deux gouvernements les plus énergiques que le monde ait connus. Si le baron de Piombo déplaisait à quelques courtisans, il avait les Daru, les Drouot, les Carnot pour amis. Aussi, quant au reste des hommes politiques, depuis Waterloo, s'en souciait-il autant que des bouffées de fumée qu'il tirait de son cigare.

Bartholoméo di Piombo avait acquis, moyennant la somme assez modique que Madame, mère de l'empereur, lui avait donnée de ses propriétés en Corse, l'ancien hôtel de Portenduère, dans lequel il ne fit aucun changement. Presque toujours logé aux frais du gouvernement, il n'habitait cette maison que depuis la catastrophe de Fontainebleau. Suivant l'habitude des gens simples et de haute vertu, le baron et sa femme ne donnaient rien au faste extérieur : leurs meubles provenaient de l'ancien ameublement de l'hôtel. Les grands appartements hauts d'étage, sombres et nus de cette demeure, les larges glaces encadrées dans de vieilles bordures dorées presque noires, et ce mobilier du temps de Louis XIV, étaient en rapport avec Bartholoméo et sa femme, personnages dignes de l'antiquité. Sous l'Empire et pendant les Cent-Jours, en exerçant des fonctions largement rétribuées, le vieux Corse avait eu un grand train de maison, plutôt dans le but de faire honneur à sa place que dans le dessein de briller. Sa vie et celle de sa femme étaient si frugales, si tranquilles, que leur modeste fortune suffisait à leurs besoins. Pour eux, leur fille Ginevra valait toute les richesses du monde. Aussi, quand, en mai 1814, le baron de Piombo quitta sa place, congédia ses gens et ferma la porte de son écurie, Ginevra, simple et sans faste comme ses parents, n'eut-elle aucun regret : à l'exemple des grandes âmes, elle mettait son luxe dans la force des sentiments, comme elle plaçait sa félicité dans la solitude et le travail. Puis, ces trois êtres s'aimaient trop pour que les dehors de l'existence eussent quelque prix à leurs yeux. Souvent, et surtout depuis la seconde et effroyable chute de Napoléon, Bartholoméo et sa femme passaient des soirées délicieuses à entendre Ginevra toucher du piano ou chanter. Il y avait pour eux un immense secret de plaisir dans la présence, dans la moindre parole de leur fille, ils la suivaient des yeux avec une tendre inquiétude, ils entendaient son pas dans la cour, quelque léger qu'il pût être. Semblables à des amants, ils savaient rester des heures entières silencieux tous trois, entendant mieux ainsi que par des paroles l'éloquence de leurs âmes. Ce sentiment profond, la vie même des deux vieillards, animait toutes leurs pensées. Ce n'était pas trois existences, mais une seule, qui, semblable à la flamme d'un foyer, se divisait en trois langues de feu. Si quelquefois le souvenir des bienfaits et du malheur de Napoléon, si la politique du moment triomphaient de la constante sollicitude des deux vieillards, ils pouvaient en parler sans rompre la communauté de leurs pensées : Ginevra ne partageait-elle pas leurs passions politiques ? Quoi de plus naturel que l'ardeur avec laquelle ils se réfugiaient dans le cœur de leur unique enfant ? Jusqu'alors, les occupations d'une vie publique avaient absorbé l'énergie du baron de Piombo ; mais en quittant ses emplois, le Corse eut besoin de rejeter son énergie dans le dernier sentiment qui lui restât ; puis, à part les liens qui unissent un père et une mère à leur fille, il y avait peut-être, à l'insu de ces trois âmes despotiques, une puissante raison au fanatisme de leur passion réciproque : ils s'aimaient sans partage, le cœur tout entier de Ginevra appartenait à son père, comme à elle celui de Piombo ; enfin, s'il est vrai que nous nous attachions les uns aux autres plus par nos défauts que par nos qualités, Ginevra répondait merveilleusement bien à toutes les passions de son père. De là procédait la seule imperfection de cette triple vie. Ginevra était entière dans ses volontés, vindicative, emportée comme Bartholoméo l'avait été pendant sa jeunesse. Le Corse se complut à développer ces sentiments sauvages dans le cœur de sa fille, absolument comme un lion apprend à ses lionceaux à fondre sur leur proie. Mais cet apprentissage de vengeance ne pouvant en quelque sorte se faire qu'au logis paternel, Ginevra ne pardonnait rien à son père, et il fallait qu'il lui cédât. Piombo ne voyait que des enfantillages dans ces querelles factices ; mais l'enfant y contracta l'habitude de dominer ses parents. Au milieu de ces tempêtes que Bartholoméo aimait à exciter, un mot de tendresse, un regard suffisaient pour apaiser leurs âmes courroucées, et ils n'étaient jamais si près d'un baiser que quand ils se menaçaient. Cependant, depuis cinq années environ, Ginevra, devenue plus sage que son père, évitait constamment ces sortes de scènes. Sa fidélité, son dévouement, l'amour qui triomphait dans toutes ses pensées et son admirable bon sens avaient fait justice de ses colères ; mais il n'en était pas moins résulté un bien grand mal : Ginevra vivait avec son père et sa mère sur le pied d'une égalité toujours funeste. Pour achever de faire connaître tous les changements survenus chez ces trois personnages depuis leur arrivée à Paris, Piombo et sa femme, gens sans instruction, avaient laissé Ginevra étudier à sa fantaisie. Au gré de ses caprices de jeune fille, elle avait tout appris et tout quitté, reprenant et laissant chaque pensée tour à tour, jusqu'à ce que la peinture fût devenue sa passion dominante ; elle eût été parfaite, si sa mère avait été capable de diriger ses études, de l'éclairer et de mettre en harmonie les dons de la nature : ses défauts provenaient de la funeste éducation que le vieux Corse avait pris plaisir à lui donner.

Après avoir pendant long-temps fait crier sous ses pas les feuilles du parquet, le vieillard sonna. Un domestique parut.

– Allez au-devant de mademoiselle Ginevra, dit-il.

– J'ai toujours regretté de ne plus avoir de voiture pour elle, observa la baronne.

– Elle n'en a pas voulu, répondit Piombo en regardant sa femme qui, accoutumée depuis quarante ans à son rôle d'obéissance, baissa les yeux.

Déjà septuagénaire, grande, sèche, pâle et ridée, la baronne ressemblait parfaitement à ces vieilles femmes que Schnetz met dans les scènes italiennes de ses tableaux de genre ; elle restait si habituellement silencieuse, qu'on l'eût prise pour une nouvelle madame Shandy ; mais un mot, un regard, un geste annonçaient que ses sentiments avaient gardé la vigueur et la fraîcheur de la jeunesse. Sa toilette, dépouillée de coquetterie, manquait souvent de goût. Elle demeurait ordinairement passive, plongée dans une bergère, comme une sultane Validé, attendant ou admirant sa Ginevra, son orgueil et sa vie. La beauté, la toilette, la grâce de sa fille, semblaient être devenues siennes. Tout pour elle était bien quand Ginevra se trouvait heureuse. Ses cheveux avaient blanchi, et quelques mèches se voyaient au-dessus de son front blanc et ridé, ou le long de ses joues creuses.

– Voilà quinze jours environ, dit-elle, que Ginevra rentre un peu plus tard.

– Jean n'ira pas assez vite, s'écria l'impatient vieillard qui croisa les basques de son habit bleu, saisit son chapeau, l'enfonça sur sa tête, prit sa canne et partit.

– Tu n'iras pas loin, lui cria sa femme.

En effet, la porte cochère s'était ouverte et fermée, et la vieille mère entendait le pas de Ginevra dans la cour. Bartholoméo reparut tout à coup portant en triomphe sa fille, qui se débattait dans ses bras.

– La voici, la Ginevra, la Ginevrettina, la Ginevrina, la Ginevrola, la Ginevretta, la Ginevra bella !

– Mon père, vous me faites mal.

Aussitôt Ginevra fut posée à terre avec une sorte de respect. Elle agita la tête par un gracieux mouvement pour rassurer sa mère qui déjà s'effrayait, et pour lui dire que c'était une ruse. Le visage terne et pâle de la baronne reprit alors ses couleurs et une espèce de gaieté. Piombo se frotta les mains avec une force extrême, symptôme le plus certain de sa joie ; il avait pris cette habitude à la cour en voyant Napoléon se mettre en colère contre ceux de ses généraux ou de ses ministres qui le servaient mal ou qui avaient commis quelque faute. Les muscles de sa figure une fois détendus, la moindre ride de son front exprimait la bienveillance. Ces deux vieillards offraient en ce moment une image exacte de ces plantes souffrantes auxquelles un peu d'eau rend la vie après une longue sécheresse.

— À table, à table ! s'écria le baron en présentant sa large main à Ginevra qu'il nomma Signora Piombellina, autre symptôme de gaieté auquel sa fille répondit par un sourire.

— Ah çà, dit Piombo en sortant de table, sais-tu que ta mère m'a fait observer que depuis un mois tu restes beaucoup plus long-temps que de coutume à ton atelier ? Il paraît que la peinture passe avant nous.

— Ô mon père !

— Ginevra nous prépare sans doute quelque surprise, dit la mère.

— Tu m'apporterais un tableau de toi ?... s'écria le Corse en frappant dans ses mains.

— Oui, je suis très-occupée à l'atelier, répondit-elle.

— Qu'as-tu donc, Ginevra ? Tu pâlis ! lui dit sa mère.

— Non ! s'écria la jeune fille en laissant échapper un geste de résolution, non, il ne sera pas dit que Ginevra Piombo aura menti une fois dans sa vie.

En entendant cette singulière exclamation, Piombo et sa femme regardèrent leur fille d'un air étonné.

– J'aime un jeune homme, ajouta-t-elle d'une voix émue.

Puis, sans oser regarder ses parents, elle abaissa ses larges paupières, comme pour voiler le feu de ses yeux.

– Est-ce un prince ? lui demanda ironiquement son père en prenant un son de voix qui fit trembler la mère et la fille.

– Non, mon père, répondit-elle avec modestie, c'est un jeune homme sans fortune...

– Il est donc bien beau ?

– Il est malheureux.

– Que fait-il ?

– Compagnon de Labédoyère ; il était proscrit, sans asile, Servin l'a caché, et...

– Servin est un honnête garçon qui s'est bien comporté, s'écria Piombo ; mais vous faites mal, vous, ma fille, d'aimer un autre homme que votre père...

– Il ne dépend pas de moi de ne pas aimer, répondit doucement Ginevra.

– Je me flattais, reprit son père, que ma Ginevra me serait fidèle jusqu'à ma mort, que mes soins et ceux de sa mère seraient les seuls qu'elle aurait reçus, que notre tendresse n'aurait pas rencontré dans son âme de tendresse rivale, et que...

– Vous ai-je reproché votre fanatisme pour Napoléon ? dit Ginevra. N'avez-vous aimé que moi ? n'avez-vous pas été des mois entiers en ambassade ? n'ai-je pas supporté courageusement vos absences ? La vie a des nécessités qu'il faut savoir subir.

– Ginevra !

– Non, vous ne m'aimez pas pour moi, et vos reproches trahissent un insupportable égoïsme.

– Tu accuses l'amour de ton père, s'écria Piombo les yeux flamboyants.

– Mon père, je ne vous accuserai jamais, répondit Ginevra avec plus de douceur que sa mère tremblante n'en attendait. Vous avez raison dans votre égoïsme, comme j'ai raison dans mon amour. Le ciel m'est témoin que jamais fille n'a mieux rempli ses devoirs auprès de ses parents. Je n'ai jamais eu que bonheur et amour là où d'autres voient souvent des obligations. Voici quinze ans que je ne me suis pas écartée de dessous votre aile protectrice, et ce fut un bien doux plaisir pour moi que de charmer vos jours. Mais serais-je donc ingrate en me livrant au charme d'aimer, en désirant un époux qui me protège après vous ?

– Ah ! tu comptes avec ton père, Ginevra, reprit le vieillard d'un ton sinistre.

Il se fit une pause effrayante pendant laquelle personne n'osa parler. Enfin, Bartholoméo rompit le silence en s'écriant d'une voix déchirante : – Oh ! reste avec nous, reste auprès de ton vieux père ! Je ne saurais te voir aimant un homme. Ginevra, tu n'attendras pas longtemps ta liberté…

– Mais, mon père, songez donc que nous ne vous quitterons pas, que nous serons deux à vous aimer, que vous connaîtrez l'homme aux soins duquel vous me laisserez ! Vous serez doublement chéri par moi et par lui : par lui qui est encore moi, et par moi qui suis tout lui-même.

– Ô Ginevra ! Ginevra ! s'écria le Corse en serrant les poings, pourquoi ne t'es-tu pas mariée quand Napoléon m'avait accoutumé à cette idée, et qu'il te présentait des ducs et des comtes ?

– Ils m'aimaient par ordre, dit la jeune fille. D'ailleurs, je ne voulais pas vous quitter, et ils m'auraient emmenée avec eux.

– Tu ne veux pas nous laisser seuls, dit Piombo ; mais te marier, c'est nous isoler ! Je te connais, ma fille, tu ne nous aimeras plus.

– Élisa, ajouta-t-il en regardant sa femme qui restait immobile et comme stupide, nous n'avons plus de fille, elle veut se marier.

Le vieillard s'assit après avoir levé les mains en l'air comme pour invoquer Dieu ; puis il resta courbé comme accablé sous sa peine. Ginevra vit l'agitation de son père, et la modération de sa colère lui brisa le cœur ; elle s'attendait à une crise, à des fureurs, elle n'avait pas armé son âme contre la douceur paternelle.

– Mon père, dit-elle d'une voix touchante, non, vous ne serez jamais abandonné par votre Ginevra. Mais aimez-la aussi un peu pour elle. Si vous saviez comme il m'aime ! Ah ! ce ne serait pas lui qui me ferait de la peine !

– Déjà des comparaisons, s'écria Piombo avec un accent terrible. Non, je ne puis supporter cette idée, reprit-il. S'il t'aimait comme tu mérites de l'être, il me tuerait ; et s'il ne t'aimait pas, je le poignarderais.

Les mains de Piombo tremblaient, ses lèvres tremblaient, son corps tremblait et ses yeux lançaient des éclairs ; Ginevra seule pouvait soutenir son regard, car alors elle allumait ses yeux, et la fille était digne du père.

– Oh ! t'aimer ! Quel est l'homme digne de cette vie ? reprit-il. T'aimer comme un père, n'est-ce pas déjà vivre dans le paradis ; qui donc sera jamais digne d'être ton époux ?

– Lui, dit Ginevra, lui de qui je me sens indigne.

– Lui ? répéta machinalement Piombo. Qui, lui ?

– Celui que j'aime.

– Est-ce qu'il peut te connaître encore assez pour t'adorer ?

– Mais, mon père, reprit Ginevra éprouvant un mouvement d'impatience, quand il ne m'aimerait pas, du moment où je l'aime…

– Tu l'aimes donc ? s'écria Piombo. Ginevra inclina doucement la tête. – Tu l'aimes alors plus que nous ?

– Ces deux sentiments ne peuvent se comparer, répondit-elle.

– L'un est plus fort que l'autre, reprit Piombo.

– Je crois que oui, dit Ginevra.

– Tu ne l'épouseras pas, cria le Corse dont la voix fit résonner les vitres du salon.

– Je l'épouserai, répliqua tranquillement Ginevra.

– Mon Dieu ! mon Dieu ! s'écria la mère, comment finira cette querelle ? Santa Virgina ! mettez-vous entre eux.

Le baron, qui se promenait à grands pas, vint s'asseoir ; une sévérité glacée rembrunissait son visage, il regarda fixement sa fille, et lui dit d'une voix douce et affaiblie : – Eh bien ! Ginevra ! non, tu ne l'épouseras pas. Oh ! ne me dis pas oui ce soir ?... laisse-moi croire le contraire. Veux-tu voir ton père à genoux et ses cheveux blancs prosternés devant toi ? je vais te supplier...

— Ginevra Piombo n'a pas été habituée à promettre et à ne pas tenir, répondit-elle. Je suis votre fille.

— Elle a raison, dit la baronne, nous sommes mises au monde pour nous marier.

— Ainsi, vous l'encouragez dans sa désobéissance, dit le baron à sa femme qui, frappée de ce mot, se changea en statue.

— Ce n'est pas désobéir que de se refuser à un ordre injuste, répondit Ginevra.

— Il ne peut pas être injuste quand il émane de la bouche de votre père, ma fille ! Pourquoi me jugez-vous ? La répugnance que j'éprouve n'est-elle pas un conseil d'en haut ? Je vous préserve peut-être d'un malheur.

— Le malheur serait qu'il ne m'aimât pas.

— Toujours lui !

— Oui, toujours, reprit-elle. Il est ma vie, mon bien, ma pensée. Même en vous obéissant, il serait toujours dans mon cœur. Me défendre de l'épouser, n'est-ce pas vous haïr ?

— Tu ne nous aimes plus, s'écria Piombo.

— Oh ! dit Ginevra en agitant la tête.

— Eh bien ! oublie-le, reste-nous fidèle. Après nous... tu comprends.

– Mon père, voulez-vous me faire désirer votre mort ? s'écria Ginevra.

– Je vivrai plus long-temps que toi ! Les enfants qui n'honorent pas leurs parents meurent promptement, s'écria son père parvenu au dernier degré de l'exaspération.

– Raison de plus pour me marier promptement et être heureuse ! dit-elle.

Ce sang-froid, cette puissance de raisonnement achevèrent de troubler Piombo, le sang lui porta violemment à la tête, son visage devint pourpre. Ginevra frissonna, elle s'élança comme un oiseau sur les genoux de son père, lui passa ses bras autour du cou, lui caressa les cheveux, et s'écria tout attendrie : – Oh ! oui, que je meure la première ! Je ne te survivrais pas, mon père, mon bon père !

– Ô ma Ginevra, ma folle, ma Ginevrina, répondit Piombo dont toute la colère se fondit à cette caresse comme une glace sous les rayons du soleil.

– Il était temps que vous finissiez, dit la baronne d'une voix émue.

– Pauvre mère !

– Ah ! Ginevretta ! ma Ginevra bella !

Et le père jouait avec sa fille comme avec un enfant de six ans, il s'amusait à défaire les tresses ondoyantes de ses cheveux, à la faire sauter ; il y avait de la folie dans l'expression de sa tendresse. Bientôt sa fille le gronda en l'embrassant, et tenta d'obtenir en plaisantant l'entrée de son Louis au logis. Mais, tout en plaisantant aussi, le père refusait. Elle bouda, revint, bouda encore ; puis, à la fin de la soirée, elle se trouva contente d'avoir gravé dans le cœur de son père et son amour pour Louis et l'idée d'un mariage prochain. Le lendemain elle ne parla plus de son amour, elle alla plus tard à l'atelier, elle en revint de bonne heure ; elle devint plus caressante pour son père qu'elle ne l'avait jamais été, et se montra pleine de reconnaissance, comme pour le remercier du consentement qu'il semblait donner à son mariage par son silence. Le soir elle faisait long-temps de la musique, et souvent elle s'écriait : – Il faudrait une voix d'homme pour ce nocturne ! Elle était Italienne, c'est tout dire. Au bout de huit jours sa mère lui fit un signe, elle vint ; puis à l'oreille et à voix basse : – J'ai amené ton père à le recevoir, lui dit-elle.

– Ô ma mère ! vous me faites bien heureuse !

Ce jour-là Ginevra eut donc le bonheur de revenir à l'hôtel de son père en donnant le bras à Louis. Pour la seconde fois, le pauvre officier sortait de sa cachette. Les actives sollicitations que Ginevra faisait auprès du duc de Feltre, alors ministre de la guerre, avaient été couronnées d'un plein succès. Louis venait d'être réintégré sur le contrôle des officiers en disponibilité. C'était un bien grand pas vers un meilleur avenir. Instruit par son amie de toutes les difficultés qui l'attendaient auprès du baron, le jeune chef de bataillon n'osait avouer la crainte qu'il avait de ne pas lui plaire. Cet homme si courageux contre l'adversité, si brave sur un champ de bataille, tremblait en pensant à son entrée dans le salon des Piombo. Ginevra le sentit tressaillant, et cette émotion, dont le principe était leur bonheur, fut pour elle une nouvelle preuve d'amour.

– Comme vous êtes pâle ! lui dit-elle quand ils arrivèrent à la porte de l'hôtel.

– Ô Ginevra ! s'il ne s'agissait que de ma vie.

Quoique Bartholoméo fut prévenu par sa femme de la présentation officielle de celui que Ginevra aimait, il n'alla pas à sa rencontre, resta dans le fauteuil où il avait l'habitude d'être assis, et la sévérité de son front fut glaciale.

– Mon père, dit Ginevra, je vous amène une personne que vous aurez sans doute plaisir à voir : monsieur Louis, un soldat qui combattait à quatre pas de l'empereur à Mont-Saint-Jean...

Le baron de Piombo se leva, jeta un regard furtif sur Louis, et lui dit d'une voix sardonique : – Monsieur n'est pas décoré ?

– Je ne porte plus la Légion-d'Honneur, répondit timidement Louis qui restait humblement debout.

Ginevra, blessée de l'impolitesse de son père, avança une chaise. La réponse de l'officier satisfit le vieux serviteur de Napoléon. Madame Piombo, s'apercevant que les sourcils de son mari reprenaient leur position naturelle, dit pour ranimer la conversation : – La ressemblance de monsieur avec Nina Porta est étonnante. Ne trouvez-vous pas que monsieur a toute la physionomie des Porta ?

– Rien de plus naturel, répondit le jeune homme sur qui les yeux flamboyants de Piombo s'arrêtèrent, Nina était ma sœur...

– Tu es Luigi Porta ? demanda le vieillard.

– Oui.

Bartholoméo di Piombo se leva, chancela, fut obligé de s'appuyer sur une chaise et regarda sa femme. Élisa Piombo vint à lui ; puis les deux vieillards silencieux se donnèrent le bras et sortirent du salon en abandonnant leur fille avec une sorte d'horreur. Luigi Porta stupéfait regarda Ginevra, qui devint aussi blanche qu'une statue de marbre et resta les yeux fixes sur la porte vers laquelle son père et sa mère avaient disparu : ce silence et cette retraite eurent quelque chose de si solennel que, pour la première fois peut-être, le sentiment de la crainte entra dans son cœur. Elle joignit ses mains l'une contre l'autre avec force, et dit d'une voix si émue qu'elle ne pouvait guère être entendue que par un amant : – Combien de malheur dans un mot !

– Au nom de notre amour, qu'ai-je donc dit, demanda Luigi Porta.

– Mon père, répondit-elle, ne m'a jamais parlé de notre déplorable histoire, et j'étais trop jeune quand j'ai quitté la Corse pour le savoir.

– Nous serions en vendetta, demanda Luigi en tremblant.

– Oui. En questionnant ma mère, j'ai appris que les Porta avaient tué mes frères et brûlé notre maison. Mon père a massacré toute votre famille. Comment avez-vous survécu, vous qu'il croyait avoir attaché aux colonnes d'un lit avant de mettre le feu à la maison ?

– Je ne sais, répondit Luigi. À six ans j'ai été amené à Gênes, chez un vieillard nommé Colonna. Aucun détail sur ma famille ne m'a été donné. Je savais seulement que j'étais orphelin et sans fortune. Ce Colonna me servait de père, et j'ai porté son nom jusqu'au jour où je suis entré au service. Comme il m'a fallu des actes pour prouver qui j'étais, le vieux Colonna m'a dit alors que moi, faible et presque enfant encore, j'avais des ennemis. Il m'a engagé à ne prendre que le nom de Luigi pour leur échapper.

– Partez, partez, Luigi, s'écria Ginevra ; mais non, je dois vous accompagner. Tant que vous êtes dans la maison de mon père, vous n'avez rien à craindre ; aussitôt que vous en sortirez, prenez bien garde à vous ! vous marcherez de danger en danger. Mon père a deux Corses à son service, et si ce n'est pas lui qui menacera vos jours, c'est eux.

– Ginevra, dit-il, cette haine existera-t-elle donc entre nous ?

La jeune fille sourit tristement et baissa la tête. Elle la releva bientôt avec une sorte de fierté, et dit : – Ô Luigi, il faut que nos sentiments soient bien purs et bien sincères pour que j'aie la force de marcher dans la voie où je vais entrer. Mais il s'agit d'un bonheur qui doit durer toute la vie, n'est-ce pas ?

Luigi ne répondit que par un sourire, et pressa la main de Ginevra. La jeune fille comprit qu'un véritable amour pouvait seul dédaigner en ce moment les protestations vulgaires. L'expression calme et consciencieuse des sentiments de Luigi annonçait en quelque sorte leur force et leur durée. La destinée de ces deux époux fut alors accomplie. Ginevra entrevit de bien cruels combats à soutenir ; mais l'idée d'abandonner Louis, idée qui peut-être avait flotté dans son âme, s'évanouit complètement. À lui pour toujours, elle l'entraîna tout à coup avec une sorte d'énergie hors de l'hôtel, et ne le quitta qu'au moment où il atteignit la maison dans laquelle Servin lui avait loué un modeste logement. Quand elle revint chez son père, elle avait pris cette espèce de sérénité que donne une résolution forte : aucune altération dans ses manières ne peignit d'inquiétude. Elle leva sur son père et sa mère, qu'elle trouva prêts à se mettre à table, des yeux dénués de hardiesse et pleins de douceur ; elle vit que sa vieille mère avait pleuré, la rougeur de ces paupières flétries ébranla un moment son cœur ; mais elle cacha son émotion. Piombo semblait être en proie à une douleur trop violente, trop concentrée pour qu'il pût la trahir par des expressions ordinaires. Les gens servirent le dîner auquel personne ne toucha. L'horreur de la nourriture est un des symptômes qui trahissent les grandes crises de l'âme. Tous trois se levèrent sans qu'aucun d'eux se fût adressé la parole. Quand Ginevra fut placée entre son père et sa mère dans leur grand salon sombre et solennel, Piombo voulut parler, mais il ne trouva pas de voix ; il essaya de marcher, et ne trouva pas de force, il revint s'asseoir et sonna.

– Jean, dit-il enfin au domestique, allumez du feu, j'ai froid.

Ginevra tressaillit et regarda son père avec anxiété. Le combat qu'il se livrait devait être horrible, sa figure était bouleversée. Ginevra connaissait l'étendue du péril qui la menaçait, mais elle ne tremblait pas ; tandis que les regards furtifs que Bartholoméo jetait sur sa fille semblaient annoncer qu'il craignait en ce moment le caractère dont la violence était son propre ouvrage. Entre eux, tout devait être extrême. Aussi la certitude du changement qui pouvait s'opérer dans les sentiments du père et de la fille animait-elle le visage de la baronne d'une expression de terreur.

– Ginevra, vous aimez l'ennemi de votre famille, dit enfin Piombo sans oser regarder sa fille.

– Cela est vrai, répondit-elle.

– Il faut choisir entre lui et nous. Notre vendetta fait partie de nous-mêmes. Qui n'épouse pas ma vengeance, n'est pas de ma famille.

– Mon choix est fait, répondit Ginevra d'une voix calme.

La tranquillité de sa fille trompa Bartholoméo.

– Ô ma chère fille ! s'écria le vieillard qui montra ses paupières humectées par des larmes, les premières et les seules qu'il répandit dans sa vie.

– Je serai sa femme, dit brusquement Ginevra.

Bartholoméo eut comme un éblouissement ; mais il recouvra son sang-froid et répliqua : – Ce mariage ne se fera pas de mon vivant, je n'y consentirai jamais. Ginevra garda le silence. – Mais, dit le baron en continuant, songes-tu que Luigi est le fils de celui qui a tué tes frères ?

– Il avait six ans au moment où le crime a été commis, il doit en être innocent, répondit-elle.

– Un Porta ? s'écria Bartholoméo.

– Mais ai-je jamais pu partager cette haine ? dit vivement la jeune fille. M'avez-vous élevée dans cette croyance qu'un Porta était un monstre ? Pouvais-je penser qu'il restât un seul de ceux que vous aviez tués ? N'est-il pas naturel que vous fassiez céder votre vendetta à mes sentiments ?

– Un Porta ? dit Piombo. Si son père t'avait jadis trouvée dans ton lit, tu ne vivrais pas, il t'aurait donné cent fois la mort.

– Cela se peut, répondit-elle, mais son fils m'a donné plus que la vie. Voir Luigi, c'est un bonheur sans lequel je ne saurais vivre. Luigi m'a révélé le monde des sentiments. J'ai peut-être aperçu des figures plus belles encore que la sienne, mais aucune ne m'a autant charmée ; j'ai peut-être entendu des voix… non, non, jamais de plus mélodieuses. Luigi m'aime, il sera mon mari.

– Jamais, dit Piombo. J'aimerais mieux te voir dans ton cercueil, Ginevra. Le vieux Corse se leva, se mit à parcourir à grands pas le salon et laissa échapper ces paroles après des pauses qui peignaient toute son agitation : – Vous croyez peut-être faire plier ma volonté ? détrompez-vous : je ne veux pas qu'un Porta soit mon gendre. Telle est ma sentence. Qu'il ne soit plus question de ceci entre nous. Je suis Bartholoméo di Piombo, entendez-vous, Ginevra ?

– Attachez-vous quelque sens mystérieux à ces paroles ? demanda-t-elle froidement.

– Elles signifient que j'ai un poignard, et que je ne crains pas la justice des hommes. Nous autres Corses, nous allons nous expliquer avec Dieu.

– Eh bien ! dit la fille en se levant, je suis Ginevra di Piombo, et je déclare que dans six mois je serai la femme de Luigi Porta. – Vous êtes un tyran, mon père, ajouta-t-elle après une pause effrayante.

Bartholoméo serra ses poings et frappa sur le marbre de la cheminée : Ah ! nous sommes à Paris, dit-il en murmurant.

Il se tut, se croisa les bras, pencha la tête sur sa poitrine et ne prononça plus une seule parole pendant toute la soirée. Après avoir exprimé sa volonté, la jeune fille affecta un sang-froid incroyable, elle se mit au piano, chanta, joua des morceaux ravissants avec une grâce et un sentiment qui annonçaient une parfaite liberté d'esprit, triomphant ainsi de son père dont le front ne paraissait pas s'adoucir. Le vieillard ressentit cruellement cette tacite injure, et recueillit en ce moment un des fruits amers de l'éducation qu'il avait donnée à sa fille. Le respect est une barrière qui protége autant un père et une mère que les enfants, en évitant à ceux-là des chagrins, à ceux-ci des remords. Le lendemain Ginevra, qui voulut sortir à l'heure où elle avait coutume de se rendre à l'atelier, trouva la porte de l'hôtel fermée pour elle ; mais elle eut bientôt inventé un moyen d'instruire Luigi Porta des sévérités paternelles. Une femme de chambre qui ne savait pas lire fit parvenir au jeune officier la lettre que lui écrivit Ginevra. Pendant cinq jours les deux amants surent correspondre, grâce à ces ruses qu'on sait toujours machiner à vingt ans. Le père et la fille se parlèrent rarement. Tous deux gardant au fond du cœur un principe de haine, ils souffraient, mais orgueilleusement et en silence. En reconnaissant combien étaient forts les liens d'amour qui les attachaient l'un à l'autre, ils essayaient de les briser, sans pouvoir y parvenir. Nulle pensée douce ne venait plus comme autrefois égayer les traits sévères de Bartholoméo quand il contemplait sa Ginevra. La jeune fille avait quelque chose de farouche en regardant son père, et le reproche siégeait sur son front d'innocence ; elle se livrait bien à d'heureuses pensées, mais parfois des remords semblaient ternir ses yeux. Il n'était même pas difficile de deviner qu'elle ne pourrait jamais jouir tranquillement d'une félicité qui faisait le malheur de ses parents. Chez Bartholoméo comme chez sa fille, toutes les irrésolutions causées par la bonté native de leurs âmes devaient néanmoins échouer devant leur fierté, devant la rancune particulière aux Corses. Ils s'encourageaient l'un et l'autre dans leur colère et fermaient les yeux sur l'avenir. Peut-être aussi se flattaient-ils mutuellement que l'un céderait à l'autre.

Le jour de la naissance de Ginevra, sa mère, désespérée de cette désunion qui prenait un caractère grave, médita de réconcilier le père et la fille, grâce aux souvenirs de cet anniversaire. Ils étaient réunis tous trois dans la chambre de Bartholoméo. Ginevra devina l'intention de sa mère à l'hésitation peinte sur son visage et sourit tristement. En ce moment un domestique annonça deux notaires accompagnés de plusieurs témoins qui entrèrent. Bartholoméo regarda fixement ces hommes, dont les figures froidement compassées avaient quelque chose de blessant pour des âmes aussi passionnées que l'étaient celles des trois principaux acteurs de cette scène. Le vieillard se tourna vers sa fille d'un air inquiet, il vit sur son visage un sourire de triomphe qui lui fit soupçonner quelque catastrophe ; mais il affecta de garder, à la manière des sauvages, une immobilité mensongère en regardant les deux notaires avec une sorte de curiosité calme. Les étrangers s'assirent après y avoir été invités par un geste du vieillard.

– Monsieur est sans doute monsieur le baron de Piombo, demanda le plus âgé des notaires.

Bartholoméo s'inclina. Le notaire fit un léger mouvement de tête, regarda la jeune fille avec la sournoise expression d'un garde du commerce qui surprend un débiteur ; et il tira sa tabatière, l'ouvrit, y prit une pincée de tabac, se mit à la humer à petits coups en cherchant les premières phrases de son discours ; puis en les prononçant, il fit des repos continuels (manœuvre oratoire que ce signe — représentera très-imparfaitement)

– Monsieur, dit-il, je suis monsieur Roguin, notaire de mademoiselle votre fille, et nous venons, – mon collègue et moi, – pour accomplir le vœu de la loi et – mettre un terme aux divisions qui – paraîtraient s'être introduites — entre vous et mademoiselle votre fille, – au sujet – de – son – mariage avec monsieur Luigi Porta.

Cette phrase, assez pédantesquement débitée, parut probablement trop belle à maître Roguin pour qu'on pût la comprendre d'un seul coup, il s'arrêta en regardant Bartholoméo avec une expression particulière aux gens d'affaires et qui tient le milieu entre la servilité et la familiarité. Habitués à feindre beaucoup d'intérêt pour les personnes auxquelles ils parlent, les notaires finissent par faire contracter à leur figure une grimace qu'ils revêtent et quittent comme leur pallium officiel. Ce masque de bienveillance, dont le mécanisme est si facile à saisir, irrita tellement Bartholoméo qu'il lui fallut rappeler toute sa raison pour ne pas jeter monsieur Roguin par les fenêtres ; une expression de colère se glissa dans ses rides, et en la voyant le notaire se dit en lui-même : – Je produis de l'effet.

– Mais, reprit-il d'une voix mielleuse, monsieur le baron, dans ces sortes d'occasions, notre ministère commence toujours par être essentiellement conciliateur. – Daignez donc avoir la bonté de m'entendre. – Il est évident que mademoiselle Ginevra Piombo – atteint aujourd'hui même – l'âge auquel il suffit de faire des actes respectueux pour qu'il soit passé outre à la célébration d'un mariage – malgré le défaut de consentement des parents. Or, – il est d'usage dans les familles – qui jouissent d'une certaine considération, – qui appartiennent à la société, – qui conservent quelque dignité, – auxquelles il importe enfin de ne pas donner au public le secret de leurs divisions, – et qui d'ailleurs ne veulent pas se nuire à elles-mêmes en frappant de réprobation l'avenir de deux jeunes époux (car – c'est se nuire à soi-même !) – il est d'usage, – dis-je, – parmi ces familles honorables – de ne pas laisser subsister des actes semblables, – qui restent, qui – sont des monuments d'une division qui – finit – par cesser. – Du moment, monsieur, où une jeune personne a recours aux actes respectueux, elle annonce une intention trop décidée pour qu'un père et – une mère, ajouta-t-il en se tournant vers la baronne, puissent espérer de lui voir suivre leurs avis. – La résistance paternelle étant alors nulle – par ce fait – d'abord, – puis étant infirmée par la loi, il est constant que tout homme sage, après avoir fait une dernière remontrance à son enfant, lui donne la liberté de…

Monsieur Roguin s'arrêta en s'apercevant qu'il pouvait parler deux heures ainsi, sans obtenir de réponse, et il éprouva d'ailleurs une émotion particulière à l'aspect de l'homme qu'il essayait de convertir. Il s'était fait une révolution extraordinaire sur le visage de Bartholoméo : toutes ses rides contractées lui donnaient un air de cruauté indéfinissable, et il jetait sur le notaire un regard de tigre. La baronne demeurait muette et passive. Ginevra, calme et résolue, attendait, elle savait que la voix du notaire était plus puissante que la sienne, et alors elle semblait s'être décidée à garder le silence. Au moment où Roguin se tut, cette scène devint si effrayante que les témoins étrangers tremblèrent : jamais peut-être ils n'avaient été frappés par un semblable silence. Les notaires se regardèrent comme pour se consulter, se levèrent et allèrent ensemble à la croisée.

– As-tu jamais rencontré des clients fabriqués comme ceux-là ? demanda Roguin à son confrère.

– Il n'y a rien à en tirer, répondit le plus jeune. À ta place, moi, je m'en tiendrais à la lecture de mon acte. Le vieux ne me paraît pas amusant, il est colère, et tu ne gagneras rien à vouloir discuter avec lui…

Monsieur Roguin lut un papier timbré contenant un procès-verbal rédigé à l'avance et demanda froidement à Bartholoméo quelle était sa réponse.

– Il y a donc en France des lois qui détruisent le pouvoir paternel ? demanda le Corse.

– Monsieur… dit Roguin de sa voix mielleuse.

– Qui arrachent une fille à son père ?

– Monsieur...

– Qui privent un vieillard de sa dernière consolation ?

– Monsieur, votre fille ne vous appartient que...

– Qui le tuent ?

– Monsieur, permettez !

Rien n'est plus affreux que le sang-froid et les raisonnements exacts d'un notaire au milieu des scènes passionnées où ils ont coutume d'intervenir. Les figures que Piombo voyait lui semblèrent échappées de l'enfer, sa rage froide et concentrée ne connut plus de bornes au moment où la voix calme et presque flûtée de son petit antagoniste prononça ce fatal : « permettez ? » Il sauta sur un long poignard suspendu par un clou au-dessus de sa cheminée et s'élança sur sa fille. Le plus jeune des deux notaires et l'un des témoins se jetèrent entre lui et Ginevra : mais Bartholoméo renversa brutalement les deux conciliateurs en leur montrant une figure en feu et des yeux flamboyants qui paraissaient plus terribles que ne l'était la clarté du poignard. Quand Ginevra se vit en présence de son père, elle le regarda fixement d'un air de triomphe, s'avança lentement vers lui et s'agenouilla.

– Non ! non ! je ne saurais, dit-il en lançant si violemment son arme qu'elle alla s'enfoncer dans la boiserie.

– Eh ! bien, grâce ! grâce, dit-elle. Vous hésitez à me donner la mort, et vous me refusez la vie. Ô mon père, jamais je ne vous ai tant aimé, accordez-moi Luigi ! Je vous demande votre consentement à genoux : une fille peut s'humilier devant son père ; mon Luigi, ou je meurs.

L'irritation violente qui la suffoquait l'empêcha de continuer, elle ne trouvait plus de voix ; ses efforts convulsifs disaient assez qu'elle était entre la vie et la mort. Bartholoméo repoussa durement sa fille.

– Fuis, dit-il. La Luigi Porta ne saurait être une Piombo. Je n'ai plus de fille ! Je n'ai pas la force de te maudire ; mais je t'abandonne, et tu n'as plus de père. Ma Ginevra Piombo est enterrée là, s'écria-t-il d'un son de voix profond, en se pressant fortement le cœur. – Sors donc, malheureuse, ajouta-t-il après un moment de silence, sors, et ne reparais plus devant moi. Puis, il prit Ginevra par le bras, et la conduisit silencieusement hors de la maison.

Luigi, s'écria Ginevra en entrant dans le modeste appartement où était l'officier, mon Luigi, nous n'avons d'autre fortune que notre amour.

– Nous sommes plus riches que tous les rois de la terre, répondit-il.

– Mon père et ma mère m'ont abandonnée, dit-elle avec une profonde mélancolie.

– Je t'aimerai pour eux.

– Nous serons donc bien heureux ? s'écria-t-elle avec une gaieté qui eut quelque chose d'effrayant.

– Et toujours, répondit-il en la serrant sur son cœur.

Le lendemain du jour où Ginevra quitta la maison de son père, elle alla prier madame Servin de lui accorder un asile et sa protection jusqu'à l'époque fixée par la loi pour son mariage avec Luigi Porta. Là, commença pour elle l'apprentissage des chagrins que le monde sème autour de ceux qui ne suivent pas ses usages. Très-affligée du tort que l'aventure de Ginevra faisait à son mari, madame Servin reçut froidement la fugitive, et lui apprit par des paroles poliment circonspectes qu'elle ne devait pas compter sur son appui. Trop fière pour insister, mais étonnée d'un égoïsme auquel elle n'était pas habituée, la jeune Corse alla se loger dans l'hôtel garni le plus voisin de la maison où demeurait Luigi. Le fils des Porta vint passer toutes ses journées aux pieds de sa future ; son jeune amour, la pureté de ses paroles dissipaient les nuages que la réprobation paternelle amassait sur le front de la fille bannie, et il lui peignait l'avenir si beau qu'elle finissait par sourire, sans néanmoins oublier la rigueur de ses parents.

Un matin, la servante de l'hôtel remit à Ginevra plusieurs malles qui contenaient des étoffes, du linge, et une foule de choses nécessaires à une jeune femme qui se met en ménage ; elle reconnut dans cet envoi la prévoyante bonté d'une mère, car en visitant ces présents, elle trouva une bourse où la baronne avait mis la somme qui appartenait à sa fille, en y joignant le fruit de ses économies. L'argent était accompagné d'une lettre où la mère conjurait la fille d'abandonner son funeste projet de mariage, s'il en était encore temps ; il lui avait fallu, disait-elle, des précautions inouïes pour faire parvenir ces faibles secours à Ginevra ; elle la suppliait de ne pas l'accuser de dureté, si par la suite elle la laissait dans l'abandon, elle craignait de ne pouvoir plus l'assister, elle la bénissait, lui souhaitait de trouver le bonheur dans ce fatal mariage, si elle persistait, en lui assurant qu'elle ne pensait qu'à sa fille chérie. En cet endroit, des larmes avaient effacé plusieurs mots de la lettre.

– Ô ma mère ! s'écria Ginevra tout attendrie. Elle éprouvait le besoin de se jeter à ses genoux, de la voir, et de respirer l'air bienfaisant de la maison paternelle ; elle s'élançait déjà, quand Luigi entra ; elle le regarda, et sa tendresse filiale s'évanouit, ses larmes se séchèrent, elle ne se sentit pas la force d'abandonner cet enfant si malheureux et si aimant. Être le seul espoir d'une noble créature, l'aimer et l'abandonner… ce sacrifice est une trahison dont sont incapables de jeunes âmes. Ginevra eut la générosité d'ensevelir sa douleur au fond de son âme.

Enfin, le jour du mariage arriva, Ginevra ne vit personne autour d'elle. Luigi avait profité du moment où elle s'habillait pour aller chercher les témoins nécessaires à la signature de leur acte de mariage. Ces témoins étaient de braves gens. L'un, ancien maréchal-des-logis de hussards, avait contracté, à l'armée, envers Luigi, de ces obligations qui ne s'effacent jamais du cœur d'un honnête homme ; il s'était mis loueur de voitures et possédait quelques fiacres. L'autre, entrepreneur de maçonnerie, était le propriétaire de la maison où les nouveaux époux devaient demeurer. Chacun d'eux se fit accompagner par un ami, puis tous quatre vinrent avec Luigi prendre la mariée. Peu accoutumés aux grimaces sociales, et ne voyant rien que de très-simple dans le service qu'ils rendaient à Luigi, ces gens s'étaient habillés proprement, mais sans luxe, et rien n'annonçait le joyeux cortége d'une noce. Ginevra, elle-même, se mit très-simplement afin de se conformer à sa fortune ; néanmoins sa beauté avait quelque chose de si noble et de si imposant, qu'à son aspect la parole expira sur les lèvres des témoins qui se crurent obligés de lui adresser un compliment ; ils la saluèrent avec respect, elle s'inclina ; ils la regardèrent en silence et ne surent plus que l'admirer. Cette réserve jeta du froid entre eux. La joie ne peut éclater que parmi des gens qui se sentent égaux. Le hasard voulut donc que tout fût sombre et grave autour des deux fiancés, rien ne refléta leur félicité. L'église et la mairie n'étaient pas très-éloignées de l'hôtel. Les deux Corses, suivis des quatre témoins que leur imposait la loi, voulurent y aller à pied, dans une simplicité qui dépouilla de tout appareil cette grande scène de la vie sociale. Ils trouvèrent dans la cour de la mairie une foule d'équipages qui annonçaient nombreuse compagnie, ils montèrent et arrivèrent à une grande salle où les mariés, dont le bonheur était indiqué pour ce jour-là, attendaient assez impatiemment le maire du quartier. Ginevra s'assit près de Luigi au bout d'un grand banc et leurs témoins restèrent debout, faute de siéges. Deux mariées pompeusement habillées de blanc, chargées de rubans, de dentelles, de perles, et couronnées de bouquets de fleurs d'oranger dont les boutons satinés tremblaient sous leur voile, étaient entourées de leurs familles joyeuses, et accompagnées de leurs mères, qu'elles regardaient d'un air à la fois satisfait et craintif ;

tous les yeux réfléchissaient leur bonheur, et chaque figure semblait leur prodiguer des bénédictions. Les pères, les témoins, les frères, les sœurs allaient et venaient, comme un essaim se jouant dans un rayon de soleil qui va disparaître. Chacun semblait comprendre la valeur de ce moment fugitif où, dans la vie, le cœur se trouve entre deux espérances : les souhaits du passé, les promesses de l'avenir. À cet aspect, Ginevra sentit son cœur se gonfler, et pressa le bras de Luigi qui lui lança un regard. Une larme roula dans les yeux du jeune Corse, il ne comprit jamais mieux qu'alors tout ce que sa Ginevra lui sacrifiait. Cette larme précieuse fit oublier à la jeune fille l'abandon dans lequel elle se trouvait. L'amour versa des trésors de lumière entre les deux amants qui ne virent plus qu'eux au milieu de ce tumulte : ils étaient là, seuls, dans cette foule, tels qu'ils devaient être dans la vie. Leurs témoins indifférents à la cérémonie, causaient tranquillement de leurs affaires.

— L'avoine est bien chère, disait le maréchal-des-logis au maçon.

— Elle n'est pas encore si renchérie que le plâtre, proportion gardée, répondit l'entrepreneur.

Et ils firent un tour dans la salle.

— Comme on perd du temps ici, s'écria le maçon en remettant dans sa poche une grosse montre d'argent.

Luigi et Ginevra, serrés l'un contre l'autre, semblaient ne faire qu'une même personne. Certes, un poëte aurait admiré ces deux têtes unies par un même sentiment, également colorées, mélancoliques et silencieuses en présence de deux noces bourdonnant, devant quatre familles tumultueuses, étincelant de diamants, de fleurs, et dont la gaieté avait quelque chose de passager. Tout ce que ces groupes bruyants et splendides mettaient de joie en dehors, Luigi et Ginevra l'ensevelissaient au fond de leurs cœurs. D'un côté, le grossier fracas du plaisir ; de l'autre, le délicat silence des âmes joyeuses : la terre et le ciel. Mais la tremblante Ginevra ne sut pas entièrement dépouiller les faiblesses de la femme. Superstitieuse comme une Italienne, elle voulut voir un présage dans ce contraste, et garda au fond de son cœur un sentiment d'effroi, invincible autant que son amour.

Tout à coup, un garçon de bureau à la livrée de la ville ouvrit une porte à deux battants, l'on fit silence, et sa voix retentit comme un glapissement en appelant monsieur Luigi de Porta et mademoiselle Ginevra di Piombo. Ce moment causa quelque embarras aux deux fiancés. La célébrité du nom de Piombo attira l'attention, les spectateurs cherchèrent une noce qui semblait devoir être somptueuse. Ginevra se leva, ses regards foudroyants d'orgueil imposèrent à toute la foule, elle donna le bras à Luigi, et marcha d'un pas ferme suivie de ses témoins. Un murmure d'étonnement qui alla croissant, un chuchotement général vint rappeler à Ginevra que le monde lui demandait compte de l'absence de ses parents : la malédiction paternelle semblait la poursuivre.

— Attendez les familles, dit le maire à l'employé qui lisait promptement les actes.

— Le père et la mère protestent, répondit flegmatiquement le secrétaire.

— Des deux côtés ? reprit le maire.

— L'époux est orphelin.

— Où sont les témoins ?

— Les voici, répondit encore le secrétaire en montrant les quatre hommes immobiles et muets qui, les bras croisés, ressemblaient à des statues.

— Mais, s'il y a protestation ? dit le maire.

– Les actes respectueux ont été légalement faits, répliqua l'employé en se levant pour transmettre au fonctionnaire les pièces annexées à l'acte de mariage.

Ce débat bureaucratique eut quelque chose de flétrissant et contenait en peu de mots toute une histoire. La haine des Porta et des Piombo, de terribles passions furent inscrites sur une page de l'État Civil, comme sur la pierre d'un tombeau sont gravées en quelques lignes les annales d'un peuple, et souvent même en un mot : Robespierre ou Napoléon. Ginevra tremblait. Semblable à la colombe qui, traversant les mers, n'avait que l'arche pour poser ses pieds, elle ne pouvait réfugier son regard que dans les yeux de Luigi, car tout était triste et froid autour d'elle. Le maire avait un air improbateur et sévère, et son commis regardait les deux époux avec une curiosité malveillante. Rien n'eut jamais moins l'air d'une fête. Comme toutes les choses de la vie humaine quand elles sont dépouillées de leurs accessoires, ce fut un fait simple en lui-même, immense par la pensée. Après quelques interrogations auxquelles les époux répondirent, après quelques paroles marmottées par le maire, et après l'apposition de leurs signatures sur le registre, Luigi et Ginevra furent unis. Les deux jeunes Corses, dont l'alliance offrait toute la poésie consacrée par le génie dans celle de Roméo et Juliette, traversèrent deux haies de parents joyeux auxquels ils n'appartenaient pas, et qui s'impatientaient presque du retard que leur causait ce mariage si triste en apparence. Quand la jeune fille se trouva dans la cour de la mairie et sous le ciel, un soupir s'échappa de son sein.

– Oh ! toute une vie de soins et d'amour suffira-t-elle pour reconnaître le courage et la tendresse de ma Ginevra ? lui dit Luigi.

À ces mots accompagnés par des larmes de bonheur, la mariée oublia toutes ses souffrances ; car elle avait souffert de se présenter devant le monde, en réclamant un bonheur que sa famille refusait de sanctionner.

– Pourquoi les hommes se mettent-ils donc entre nous ? dit-elle avec une naïveté de sentiment qui ravit Luigi.

Le plaisir rendit les deux époux plus légers. Ils ne virent ni ciel, ni terre, ni maisons, et volèrent comme avec des ailes vers l'église. Enfin, ils arrivèrent à une petite chapelle obscure et devant un autel sans pompe où un vieux prêtre célébra leur union. Là, comme à la mairie, ils furent entourés par les deux noces qui les persécutaient de leur éclat. L'église, pleine d'amis et de parents, retentissait du bruit que faisaient les carrosses, les bedeaux, les suisses, les prêtres. Des autels brillaient de tout le luxe ecclésiastique, les couronnes de fleurs d'oranger qui paraient les statues de la Vierge semblaient être neuves. On ne voyait que fleurs, que parfums, que cierges étincelants, que coussins de velours brodés d'or. Dieu paraissait être complice de cette joie d'un jour. Quand il fallut tenir au-dessus des têtes de Luigi et de Ginevra ce symbole d'union éternelle, ce joug de satin blanc, doux, brillant, léger pour les uns, et de plomb pour le plus grand nombre, le prêtre chercha, mais en vain, les jeunes garçons qui remplissent ce joyeux office : deux des témoins les remplacèrent. L'ecclésiastique fit à la hâte une instruction aux époux sur les périls de la vie, sur les devoirs qu'ils enseigneraient un jour à leurs enfants ; et, à ce sujet, il glissa un reproche indirect sur l'absence des parents de Ginevra ; puis, après les avoir unis devant Dieu, comme le maire les avait unis devant la Loi, il acheva sa messe et les quitta.

– Dieu les bénisse ! dit Vergniaud au maçon sous le porche de l'église. Jamais deux créatures ne furent mieux faites l'une pour l'autre. Les parents de cette fille-là sont des infirmes. Je ne connais pas de soldat plus brave que le colonel Louis ! Si tout le monde s'était comporté comme lui, l'autre y serait encore.

La bénédiction du soldat, la seule qui, dans ce jour, leur eût été donnée, répandit comme un baume sur le cœur de Ginevra.

Ils se séparèrent en se serrant la main, et Luigi remercia cordialement son propriétaire.

– Adieu, mon brave, dit Luigi au maréchal, je te remercie.

– Tout à votre service, mon colonel. Âme, individu, chevaux et voitures, chez moi tout est à vous.

– Comme il t'aime ! dit Ginevra.

Luigi entraîna vivement sa mariée à la maison qu'ils devaient habiter, ils atteignirent bientôt leur modeste appartement ; et, là, quand la porte fut refermée, Luigi prit sa femme dans ses bras en s'écriant : – Ô ma Ginevra ! car maintenant tu es à moi, ici est la véritable fête. Ici, reprit-il, tout nous sourira.

Ils parcoururent ensemble les trois chambres qui composaient leur logement. La pièce d'entrée servait de salon et de salle à manger. À droite se trouvait une chambre à coucher, à gauche un grand cabinet que Luigi avait fait arranger pour sa chère femme et où elle trouva les chevalets, la boîte à couleurs, les plâtres, les modèles, les mannequins, les tableaux, les portefeuilles, enfin tout le mobilier de l'artiste.

– Je travaillerai donc là, dit-elle avec une expression enfantine. Elle regarda longtemps la tenture, les meubles, et toujours elle se retournait vers Luigi pour le remercier, car il y avait une sorte de magnificence dans ce petit réduit : une bibliothèque contenait les livres favoris de Ginevra, au fond était un piano. Elle s'assit sur un divan, attira Luigi près d'elle, et lui serrant la main : – Tu as bon goût, dit-elle d'une voix caressante.

– Tes paroles me font bien heureux, dit-il.

– Mais voyons donc tout, demanda Ginevra, à qui Luigi avait fait un mystère des ornements de cette retraite.

Ils allèrent alors vers une chambre nuptiale, fraîche et blanche comme une vierge.

– Oh ! sortons, dit Luigi en riant.

– Mais je veux tout voir. Et l'impérieuse Ginevra visita l'ameublement avec le soin curieux d'un antiquaire examinant une médaille, elle toucha les soieries et passa tout en revue avec le contentement naïf d'une jeune mariée qui déploie les richesses de sa corbeille. Nous commençons par nous ruiner, dit-elle d'un air moitié joyeux, moitié chagrin.

– C'est vrai ! tout l'arriéré de ma solde est là, répondit Luigi. Je l'ai vendu à un brave homme nommé Gigonnet.

– Pourquoi ? reprit-elle d'un ton de reproche où perçait une satisfaction secrète. Crois-tu que je serais moins heureuse sous un toit ? Mais, reprit-elle, tout cela est bien joli, et c'est à nous. Luigi la contemplait avec tant d'enthousiasme qu'elle baissa les yeux et lui dit : – Allons voir le reste.

Au-dessus de ces trois chambres, sous les toits, il y avait un cabinet pour Luigi, une cuisine et une chambre de domestique. Ginevra fut satisfaite de son petit domaine, quoique la vue s'y trouvât bornée par le large mur d'une maison voisine, et que la cour d'où venait le jour fût sombre. Mais les deux amants avaient le cœur si joyeux, mais l'espérance leur embellissait si bien l'avenir, qu'ils ne voulurent apercevoir que de charmantes images dans leur mystérieux asile. Ils étaient au fond de cette vaste maison et perdus dans l'immensité de Paris comme deux perles dans leur nacre, au sein des profondes mers : pour tout autre c'eût été une prison, pour eux ce fut un paradis. Les premiers jours de leur union appartinrent à l'amour. Il leur fut trop difficile de se vouer tout à coup au travail, et ils ne surent pas résister au charme de leur propre passion. Luigi restait des heures entières couché aux pieds de sa femme, admirant la couleur de ses cheveux, la coupe de son front, le ravissant encadrement de ses yeux, la pureté, la blancheur des deux arcs sous lesquels ils glissaient lentement en exprimant le bonheur d'un amour satisfait. Ginevra caressait la chevelure de son Luigi sans se lasser de contempler, suivant une de ses expressions, la beltà folgorante de ce jeune homme, la finesse de ses traits ; toujours séduite par la noblesse de ses manières, comme elle le séduisait toujours par la grâce des siennes. Ils jouaient comme des enfants avec des riens, ces riens les ramenaient toujours à leur passion, et ils ne cessaient leurs jeux que pour tomber dans la rêverie du far niente. Un air chanté par Ginevra leur reproduisait encore les nuances délicieuses de leur amour. Puis, unissant leurs pas comme ils avaient uni leurs âmes, ils parcouraient les campagnes en y retrouvant leur amour partout, dans les fleurs, sur les cieux, au sein des teintes ardentes du soleil couchant ; ils le lisaient jusque sur les nuées capricieuses qui se combattaient dans les airs. Une journée ne ressemblait jamais à la précédente, leur amour allait croissant parce qu'il était vrai. Ils s'étaient éprouvés en peu de jours, et avaient instinctivement reconnu que leurs âmes étaient de celles dont les richesses inépuisables semblent toujours promettre de nouvelles jouissances pour l'avenir. C'était l'amour dans toute sa naïveté, avec ses interminables causeries, ses phrases inachevées, ses longs silences, son repos oriental et sa fougue. Luigi et Ginevra avaient tout compris de l'amour. L'amour n'est-il pas comme la mer qui, vue superficiellement ou à la hâte, est accusée de monotonie par les âmes vulgaires, tandis que certains êtres privilégiés peuvent passer leur vie à l'admirer en y trouvant sans cesse de changeants phénomènes qui les ravissent ?

Cependant, un jour, la prévoyance vint tirer les jeunes époux de leur Éden, il était devenu nécessaire de travailler pour vivre. Ginevra qui possédait un talent particulier pour imiter les vieux tableaux, se mit à faire des copies et se forma une clientèle parmi les brocanteurs. De son côté, Luigi chercha très-activement de l'occupation ; mais il était fort difficile à un jeune officier, dont tous les talents se bornaient à bien connaître la stratégie, de trouver de l'emploi à Paris. Enfin, un jour que, lassé de ses vains efforts, il avait le désespoir dans l'âme en voyant que le fardeau de leur existence tombait tout entier sur Ginevra, il songea à tirer parti de son écriture, qui était fort belle. Avec une constance dont sa femme lui donnait l'exemple, il alla solliciter les avoués, les notaires, les avocats de Paris. La franchise de ses manières, sa situation intéressèrent vivement en sa faveur, et il obtint assez d'expéditions pour être obligé de se faire aider par des jeunes gens. Insensiblement il entreprit les écritures en grand. Le produit de ce bureau, le prix des tableaux de Ginevra, finirent par mettre le jeune ménage dans une aisance qui le rendit fier, car elle provenait de son industrie. Ce fut pour eux le plus beau moment de leur vie. Les journées s'écoulaient rapidement entre les occupations et les joies de l'amour. Le soir, après avoir bien travaillé, ils se retrouvaient avec bonheur dans la cellule de Ginevra. La musique les consolait de leurs fatigues. Jamais une expression de mélancolie ne vint obscurcir les traits de la jeune femme, et jamais elle ne se permit une plainte. Elle savait toujours apparaître à son Luigi le sourire sur les lèvres et les yeux rayonnants. Tous deux caressaient une pensée dominante qui leur eût fait trouver du plaisir aux travaux les plus rudes : Ginevra se disait qu'elle travaillait pour Luigi, et Luigi pour Ginevra. Parfois, en l'absence de son mari, la jeune femme songeait au bonheur parfait qu'elle aurait eu si cette vie d'amour s'était écoulée en présence de son père et de sa mère, elle tombait alors dans une mélancolie profonde en éprouvant la puissance des remords ; de sombres tableaux passaient comme des ombres dans son imagination : elle voyait son vieux père seul ou sa mère pleurant le soir et dérobant ses larmes à l'inflexible Piombo ; ces deux têtes blanches et graves se dressaient soudain devant elle, il lui semblait qu'elle ne devait plus les contempler qu'à la lueur fantastique du souvenir. Cette idée la poursuivait comme un pressentiment. Elle célébra l'anniversaire de son mariage en donnant à son mari un portrait qu'il avait souvent désiré, celui de sa Ginevra. Jamais la jeune artiste n'avait rien composé de si remarquable. À part une ressemblance parfaite, l'éclat de sa beauté, la pureté de ses sentiments, le bonheur de l'amour, y étaient rendus avec une sorte de magie. Le chef-d'œuvre fut inauguré. Ils passèrent encore une autre année au sein de l'aisance. L'histoire de leur vie peut se faire alors en trois mots : Ils étaient heureux. Il ne leur arriva donc aucun événement qui mérite d'être rapporté.

Au commencement de l'hiver de l'année 1819, les marchands de tableaux conseillèrent à Ginevra de leur donner autre chose que des copies ; ils ne pouvaient plus les vendre avantageusement par suite de la concurrence. Madame Porta reconnut le tort qu'elle avait eu de ne pas s'exercer à peindre des tableaux de genre qui lui auraient acquis un nom, elle entreprit de faire des portraits ; mais elle eut à lutter contre une foule d'artistes encore moins riches qu'elle ne l'était. Cependant, comme Luigi et Ginevra avaient amassé quelque argent, ils ne désespérèrent pas de l'avenir. À la fin de l'hiver de cette même année, Luigi travailla sans relâche. Lui aussi luttait contre des concurrents : le prix des écritures avait tellement baissé, qu'il ne pouvait plus employer personne, et se trouvait dans la nécessité de consacrer plus de temps qu'autrefois à son labeur pour en retirer la même somme. Sa femme avait fini plusieurs tableaux qui n'étaient pas sans mérite ; mais les marchands achetaient à peine ceux des artistes en réputation. Ginevra les offrit à vil prix sans pouvoir les vendre. La situation de ce ménage eut quelque chose d'épouvantable ; les âmes des deux époux nageaient dans le bonheur, l'amour les accablait de ses trésors, la pauvreté se levait comme un squelette au milieu de cette moisson de plaisir, et ils se cachaient l'un à l'autre leurs inquiétudes. Au moment où Ginevra se sentait près de pleurer en voyant son Luigi souffrant, elle le comblait de caresses. De même Luigi gardait un noir chagrin au fond de son cœur en exprimant à Ginevra le plus tendre amour. Ils cherchaient une compensation à leurs maux dans l'exaltation de leurs sentiments, et leurs paroles, leurs joies, leurs jeux s'empreignaient d'une espèce de frénésie. Ils avaient peur de l'avenir. Quel est le sentiment dont la force puisse se comparer à celle d'une passion qui doit cesser le lendemain, tuée par la mort ou par la nécessité ? Quand ils se parlaient de leur indigence, ils éprouvaient le besoin de se tromper l'un et l'autre, et saisissaient avec une égale ardeur le plus léger espoir. Une nuit, Ginevra chercha vainement

Luigi auprès d'elle, et se leva tout effrayée. Une faible lueur qui se dessinait sur le mur noir de la petite cour lui fit deviner que son mari travaillait pendant la nuit. Luigi attendait que sa femme fût endormie avant de monter à son cabinet. Quatre heures sonnèrent, le jour commençait à poindre, Ginevra se recoucha et feignit de dormir. Luigi revint accablé de fatigue et de sommeil, et Ginevra regarda douloureusement cette belle figure sur laquelle les travaux et les soucis imprimaient déjà quelques rides. Des larmes roulèrent dans les yeux de la jeune femme.

– C'est pour moi qu'il passe des nuits à écrire, dit-elle.

Une pensée sécha ses larmes. Elle songeait à imiter Luigi. Le jour même, elle alla chez un riche marchand d'estampes, et à l'aide d'une lettre de recommandation qu'elle se fit donner pour le négociant par Élie Magus, un de ses marchands de tableaux, elle obtint une entreprise de coloriages. Le jour, elle peignait et s'occupait des soins du ménage ; puis quand la nuit arrivait, elle coloriait des gravures. Ainsi, ces deux jeunes gens, épris d'amour, n'entraient au lit nuptial que pour en sortir ; ils feignaient tous deux de dormir, et par dévouement se quittaient aussitôt que l'un avait trompé l'autre. Une nuit, Luigi succombant à l'espèce de fièvre que lui causait un travail sous le poids duquel il commençait à plier, se leva pour ouvrir la lucarne de son cabinet ; il respirait l'air pur du matin et semblait oublier ses douleurs à l'aspect du ciel, quand en abaissant ses regards il aperçut une forte lueur sur le mur qui faisait face aux fenêtres de l'appartement de Ginevra ; le malheureux, qui devina tout, descendit, marcha doucement et surprit sa femme au milieu de son atelier enluminant des gravures.

– Oh ! Ginevra ! s'écria-t-il.

Elle fit un saut convulsif sur sa chaise et rougit.

– Pouvais-je dormir tandis que tu t'épuisais de fatigue ? dit-elle.

– Mais c'est à moi seul qu'appartient le droit de travailler ainsi.

– Puis-je rester oisive, répondit la jeune femme dont les yeux se mouillèrent de larmes, quand je sais que chaque morceau de pain nous coûte presque une goutte de ton sang ? Je mourrais si je ne joignais pas mes efforts aux tiens. Tout ne doit-il pas être commun entre nous, plaisirs et peines ?

– Elle a froid, s'écria Luigi avec désespoir. Ferme donc mieux ton châle sur ta poitrine, ma Ginevra, la nuit est humide et fraîche.

Ils vinrent devant la fenêtre, la jeune femme appuya sa tête sur le sein de son bien-aimé qui la tenait par la taille, et tous deux ensevelis dans un silence profond, regardèrent le ciel que l'aube éclairait lentement. Des nuages d'une teinte grise se succédèrent rapidement, et l'orient devint de plus en plus lumineux.

– Vois-tu, dit Ginevra, c'est un présage : nous serons heureux.

– Oui, au ciel, répondit Luigi avec un sourire amer. Ô Ginevra ! toi qui méritais tous les trésors de la terre…

– J'ai ton cœur, dit-elle avec un accent de joie.

– Ah ! je ne me plains pas, reprit-il en la serrant fortement contre lui. Et il couvrit de baisers ce visage délicat qui commençait à perdre la fraîcheur de la jeunesse, mais dont l'expression était si tendre et si douce, qu'il ne pouvait jamais le voir sans être consolé.

– Quel silence ! dit Ginevra. Mon ami, je trouve un grand plaisir à veiller. La majesté de la nuit est vraiment contagieuse, elle impose, elle inspire ; il y a je ne sais quelle puissance dans cette idée : tout dort et je veille.

– Ô ! ma Ginevra, ce n'est pas d'aujourd'hui que je sens combien ton âme est délicatement gracieuse ! Mais voici l'aurore, viens dormir.

– Oui, répondit-elle, si je ne dors pas seule. J'ai bien souffert la nuit où je me suis aperçue que mon Luigi veillait sans moi !

Le courage avec lequel ces deux jeunes gens combattaient le malheur reçut pendant quelque temps sa récompense ; mais l'événement qui met presque toujours le comble à la félicité des ménages devait leur être funeste : Ginevra eut un fils qui, pour se servir d'une expression populaire, fut beau comme le jour. Le sentiment de la maternité doubla les forces de la jeune femme. Luigi emprunta pour subvenir aux dépenses des couches de Ginevra. Dans les premiers moments, elle ne sentit donc pas tout le malaise de sa situation, et les deux époux se livrèrent au bonheur d'élever un enfant. Ce fut leur dernière félicité. Comme deux nageurs qui unissent leurs efforts pour rompre un courant, les deux Corses luttèrent d'abord courageusement ; mais parfois ils s'abandonnaient à une apathie semblable à ces sommeils qui précèdent la mort, et bientôt ils se virent obligés de vendre leurs bijoux. La Pauvreté se montra tout à coup, non pas hideuse, mais vêtue simplement, et presque douce à supporter : sa voix n'avait rien d'effrayant, elle ne traînait après elle ni désespoir, ni spectres, ni haillons ; mais elle faisait perdre le souvenir et les habitudes de l'aisance ; elle usait les ressorts de l'orgueil. Puis, vint la Misère dans toute son horreur, insouciante de ses guenilles et foulant aux pieds tous les sentiments humains. Sept ou huit mois après la naissance du petit Bartholoméo, l'on aurait eu de la peine à reconnaître dans la mère qui allaitait cet enfant malingre l'original de l'admirable portrait, le seul ornement d'une chambre nue. Sans feu par un rude hiver, Ginevra vit les gracieux contours de sa figure se détruire lentement, ses joues devinrent blanches comme de la porcelaine. On eût dit que ses yeux avaient pâli. Elle regardait en pleurant son enfant amaigri, décoloré, et ne souffrait que de cette jeune misère. Luigi debout et silencieux, n'avait plus le courage de sourire à son fils.

– J'ai couru tout Paris, disait-il d'une voix sourde, je n'y connais personne, et comment oser demander à des indifférents ? Vergniaud, le nourrisseur, mon vieil Égyptien, est impliqué dans une conspiration, il a été mis en prison, et d'ailleurs, il m'a prêté tout ce dont il pouvait disposer. Quant à notre propriétaire, il ne nous a rien demandé depuis un an.

– Mais nous n'avons besoin de rien, répondit doucement Ginevra en affectant un air calme.

– Chaque jour qui arrive amène une difficulté de plus, reprit Luigi avec terreur.

La faim était à leur porte. Luigi prit tous les tableaux de Ginevra, le portrait, plusieurs meubles desquels le ménage pouvait encore se passer, il vendit tout à vil prix, et la somme qu'il en obtint prolongea l'agonie du ménage pendant quelques moments. Dans ces jours de malheur, Ginevra montra la sublimité de son caractère et l'étendue de sa résignation, elle supporta stoïquement les atteintes de la douleur ; son âme énergique la soutenait contre tous les maux, elle travaillait d'une main défaillante auprès de son fils mourant, expédiait les soins du ménage avec une activité miraculeuse, et suffisait à tout. Elle était même heureuse encore quand elle voyait sur les lèvres de Luigi un sourire d'étonnement à l'aspect de la propreté qu'elle faisait régner dans l'unique chambre où ils s'étaient réfugiés.

– Mon ami, je t'ai gardé ce morceau de pain, lui dit-elle un soir qu'il rentrait fatigué.

– Et toi ?

– Moi, j'ai dîné, cher Luigi, je n'ai besoin de rien.

Et la douce expression de son visage le pressait encore plus que sa parole d'accepter une nourriture de laquelle elle se privait, Luigi l'embrassa par un de ces baisers de désespoir qui se donnaient en 1793 entre amis à l'heure où ils montaient ensemble à l'échafaud. En ces moments suprêmes, deux êtres se voient cœur à cœur. Aussi, le malheureux Luigi comprenant tout à coup que sa femme était à jeun, partagea-t-il la fièvre qui la dévorait, il frissonna, sortit en prétextant une affaire pressante, car il aurait mieux aimé prendre le poison le plus subtil, plutôt que d'éviter la mort en mangeant le dernier morceau de pain qui se trouvait chez lui. Il se mit à errer dans Paris au milieu des voitures les plus brillantes, au sein de ce luxe insultant qui éclate partout ; il passa promptement devant les boutiques des changeurs où l'or étincelle ; enfin, il résolut de se vendre, de s'offrir comme remplaçant pour le service militaire en espérant que ce sacrifice sauverait Ginevra, et que, pendant son absence, elle pourrait rentrer en grâce auprès de Bartholoméo. Il alla donc trouver un de ces hommes qui font la traite des blancs, et il éprouva une sorte de bonheur à reconnaître en lui un ancien officier de la garde impériale.

– Il y a deux jours que je n'ai mangé, lui dit-il d'une voix lente et faible, ma femme meurt de faim, et ne m'adresse pas une plainte, elle expirerait en souriant, je crois. De grâce, mon camarade, ajouta-t-il avec un sourire amer, achète-moi d'avance, je suis robuste, je ne suis plus au service, et je…

L'officier donna une somme à Luigi en à-compte sur celle qu'il s'engageait à lui procurer. L'infortuné poussa un rire convulsif quand il tint une poignée de pièces d'or, il courut de toute sa force vers sa maison, haletant, et criant parfois : – Ô ma Ginevra ! Ginevra ! Il commençait à faire nuit quand il arriva chez lui. Il entra tout doucement, craignant de donner une trop forte émotion à sa femme, qu'il avait laissée faible. Les derniers rayons du soleil pénétrant par la lucarne venaient mourir sur le visage de Ginevra qui dormait assise sur une chaise en tenant son enfant sur son sein.

– Réveille-toi, ma chère Ginevra, dit-il sans s'apercevoir de la pose de son enfant qui en ce moment conservait un éclat surnaturel.

En entendant cette voix, la pauvre mère ouvrit les yeux, rencontra le regard de Luigi, et sourit ; mais Luigi jeta un cri d'épouvante : Ginevra était tout à fait changée, à peine la reconnaissait-il, il lui montra par un geste d'une sauvage énergie l'or qu'il avait à la main.

La jeune femme se mit à rire machinalement, et tout à coup elle s'écria d'une voix affreuse : – Louis ! l'enfant est froid.

Elle regarda son fils et s'évanouit, car le petit Barthélémy était mort. Luigi prit sa femme dans ses bras sans lui ôter l'enfant qu'elle serrait avec une force incompréhensible ; et après l'avoir posée sur le lit, il sortit pour appeler au secours.

– Ô mon Dieu ! dit-il à son propriétaire qu'il rencontra sur l'escalier, j'ai de l'or, et mon enfant est mort de faim, sa mère se meurt, aidez-nous !

Il revint comme un désespéré vers Ginevra, et laissa l'honnête maçon occupé, ainsi que plusieurs voisins, de rassembler tout ce qui pouvait soulager une misère inconnue jusqu'alors, tant les deux Corses l'avaient soigneusement cachée par un sentiment d'orgueil. Luigi avait jeté son or sur le plancher, et s'était agenouillé au chevet du lit où gisait sa femme.

– Mon père ! s'écriait Ginevra dans son délire, prenez soin de mon fils qui porte votre nom.

– Ô mon ange ! calme-toi, lui disait Luigi en l'embrassant, de beaux jours nous attendent.

Cette voix et cette caresse lui rendirent quelque tranquillité.

– Ô mon Louis ! reprit-elle en le regardant avec une attention extraordinaire, écoute-moi bien. Je sens que je meurs. La mort est naturelle, je souffrais trop, et puis un bonheur aussi grand que le mien devait se payer. Oui, mon Luigi, console-toi. J'ai été si heureuse, que si je recommençais à vivre, j'accepterais encore notre destinée. Je suis une mauvaise mère : je te regrette encore plus que je ne regrette mon enfant. – Mon enfant, ajouta-t-elle d'un son de voix profond. Deux larmes se détachèrent de ses yeux mourants, et soudain elle pressa le cadavre qu'elle n'avait pu réchauffer. – Donne ma chevelure à mon père, en souvenir de sa Ginevra, reprit-elle. Dis-lui bien que je ne l'ai jamais accusé… Sa tête tomba sur le bras de son époux.

– Non, tu ne peux pas mourir, s'écria Luigi, le médecin va venir. Nous avons du pain. Ton père va te recevoir en grâce. La prospérité s'est levée pour nous. Reste avec nous, ange de beauté !

Mais ce cœur fidèle et plein d'amour devenait froid, Ginevra tournait instinctivement les yeux vers celui qu'elle adorait, quoiqu'elle ne fût plus sensible à rien : des images confuses s'offraient à son esprit, près de perdre tout souvenir de la terre. Elle savait que Luigi était là, car elle serrait toujours plus fortement sa main glacée, et semblait vouloir se retenir au-dessus d'un précipice où elle croyait tomber.

– Mon ami, dit-elle enfin, tu as froid, je vais te réchauffer.

Elle voulut mettre la main de son mari sur son cœur, mais elle expira. Deux médecins, un prêtre, des voisins entrèrent en ce moment en apportant tout ce qui était nécessaire pour sauver les deux époux et calmer leur désespoir. Ces étrangers firent beaucoup de bruit d'abord ; mais quand ils furent entrés, un affreux silence régna dans cette chambre.

Pendant que cette scène avait lieu, Bartholoméo et sa femme étaient assis dans leurs fauteuils antiques, chacun à un coin de la vaste cheminée dont l'ardent brasier réchauffait à peine l'immense salon de leur hôtel. La pendule marquait minuit. Depuis long-temps le vieux couple avait perdu le sommeil. En ce moment, ils étaient silencieux comme deux vieillards tombés en enfance et qui regardent tout sans rien voir. Leur salon désert, mais plein de souvenirs pour eux, était faiblement éclairé par une seule lampe près de mourir. Sans les flammes pétillantes du foyer, ils eussent été dans une obscurité complète. Un de leurs amis venait de les quitter, et la chaise sur laquelle il s'était assis pendant sa visite se trouvait entre les deux Corses. Piombo avait déjà jeté plus d'un regard sur cette chaise, et ces regards pleins d'idées se succédaient comme des remords, car la chaise vide était celle de Ginevra. Élisa Piombo épiait les expressions qui passaient sur la blanche figure de son mari. Quoiqu'elle fût habituée à deviner les sentiments du Corse, d'après les changeantes révolutions de ses traits, ils étaient tour à tour si menaçants et si mélancoliques, qu'elle ne pouvait plus lire dans cette âme incompréhensible.

Bartholoméo succombait-il sous les puissants souvenirs que réveillait cette chaise ? était-il choqué de voir qu'elle venait de servir pour la première fois à un étranger depuis le départ de sa fille ? l'heure de sa clémence, cette heure si vainement attendue jusqu'alors, avait-elle sonné ?

Ces réflexions agitèrent successivement le cœur d'Élisa Piombo. Pendant un instant la physionomie de son mari devint si terrible, qu'elle trembla d'avoir osé employer une ruse si simple pour faire naître l'occasion de parler de Ginevra. En ce moment, la bise chassa si violemment les flocons de neige sur les persiennes, que les deux vieillards purent en entendre le léger bruissement. La mère de Ginevra baissa la tête pour dérober ses larmes à son mari. Tout à coup un soupir sortit de la poitrine du vieillard, sa femme le regarda, il était abattu ; elle hasarda pour la seconde fois, depuis trois ans, à lui parler de sa fille.

– Si Ginevra avait froid, s'écria-t-elle doucement. Piombo tressaillit. – Elle a peut-être faim, dit-elle en continuant. Le Corse laissa échapper une larme. – Elle a un enfant, et ne peut pas le nourrir, son lait s'est tari, reprit vivement la mère avec l'accent du désespoir.

– Qu'elle vienne ! qu'elle vienne, s'écria Piombo. Ô mon enfant chéri ! tu m'as vaincu.

La mère se leva comme pour aller chercher sa fille. En ce moment, la porte s'ouvrit avec fracas, et un homme dont le visage n'avait plus rien d'humain surgit tout à coup devant eux.

– Morte ! Nos deux familles devaient s'exterminer l'une par l'autre, car voilà tout ce qui reste d'elle, dit-il en posant sur une table la longue chevelure noire de Ginevra.

Les deux vieillards frissonnèrent comme s'ils eussent reçu une commotion de la foudre, et ne virent plus Luigi.

– Il nous épargne un coup de feu, car il est mort, s'écria lentement Bartholoméo en regardant à terre.